CUSTODES

EL LIBRO DE LOS CABALLEROS TEMPLARIOS

AF220279

MANUEL MIJALKOVSKI

CUSTODES
EL LIBRO DE LOS CABALLEROS TEMPLARIOS

SUSPENSO

Este libro es una obra de f   nbres, personajes, empresas, organizaciones, lugares, eventos e   ya sea son el producto de la imaginación del autor o se utiliz   ente. Cualquier parecido con personas reales, vivos o muertos   lugares locales es totalmente coincidente.

Impresión

Manuel Mijalkovski, Alter Markt 5, 72336 Balingen, Alemania

Bibliografía Información de la Biblioteca Nacional Alemana: La Biblioteca Nacional Alemana enumera esta Publicación en la Bibliografía Nacional Alemana; detallada bibliografía datos están disponibles en Internet en http://dnb.dnb.de.

© 2021 Mijalkovski, Manuel

© Portada por Petra Penz, Conzept, Diseño, Publicidad www.petrapenz.deHistory de la Ciudad de Balingen (Balginga) Ciudad Stadtarchive de BalingenHistory Hohenzollern Castle, Mostrador de Información al Visitante, Castillo Hohenzollern MR Helmut Eisler (*Guardia del Castillo / Estudiante de Historia/ Castillo* Mesner)

Editado al español desde BRANDI AQUINO

Producción y Publishing: BoD - Libros bajo demanda, Norderstedt

ISBN: 978-3-7534-3991-4

¡Para mi papá! ¡Te extraño todos los días! Sigo pensando en la última vez que me disté un abrazo y dijiste que soy el hombre de la casa de ahora en adelante. Tristemente me di cuenta de lo que eso significaba un día después. ¡Traté de vivir una vida que te haría sentir orgulloso, pero eso es difícil cuando el hombre de arriba en tu contra! ¡No puedo esperar a verte de nuevo y permanecer juntos por la eternidad!

Fuiste el mejor Padre que alguien como yo podía pedir... Te quiero papá.

¡Para mi esposa! ¡Te mereces algo mejor que un hombre con un hándicap! ¡Pero eres mucho más de lo que un hombre con hándicap desearía! ¡Gracias por estar ahí para mí cuando todos se rindió conmigo!

¡Nunca olvidaré eso! ¡te amo!

Para mis hijos... ¡Los chicos Mijalkovski! ¡me arrepiento no haber podido ser el padre que necesitabas y querías que fuera!

Pase lo que pase... ¡Te amo desde el fondo de mi corazón!

WILLIAM CARMICHAEL

"William Carmichael!", Sonrió el profesor y miró en su dirección. Se podía ver que estaba orgulloso de él. Aunque, a veces había sido un camino muy rocoso. Pero este era el momento de William, y lo que fuera a pasar no podía eclipsarlo.

El profesor se despejó la garganta: "¿William? ¿Estás soñando de nuevo?"

William se dio cuenta de que estaba mirando petrificado en la dirección del profesor y casi se había olvidado de reaccionar. Se puso de pie y se acercó y dejó que el profesor entregara su diploma. "Gracias, señor. Sin ti, nunca lo habría logrado." William dijo. Se volvió hacia sus compañeros y no pudo resistirse a un fuerte y feliz, "¡Sí!" Lentamente y feliz, regresó a su asiento. Su compañero de cuarto, Richard, lo miró sonriendo y lo felicitó. "Felicidades Dr. Carmichael, a partir de hoy estamos conquistando el mundo, Billy. Ahora somos médicos responsables".

Se miraron el uno al otro y ambos comenzaron a reírse. Hace un tiempo, ninguno de ellos sabía cuál era la responsabilidad. William respondió: "Sí, Dr. Richard, ahora somos doctores honorables." William miró a Richard y le dijo: "Te conozco toda mi vida y has estado allí en todos los eventos importantes de mi vida, y ahora ambos somos médicos. Nada puede detenernos." Richard lo miró y asintió con la cabeza ligeramente. Nunca dejaría el lado de William. Eran amigos de por vida.

Una vez en casa, la Sra. Carmichael, la esposa del profesor, lo abrazó y lo felicitó.   "William", dijo la señora. Carmichael, "Todavía recuerdo el día en que el profesor te trajo a nosotros.

Incluso entonces él sabía que eras algo especial. Y ahora mírate. Tienes 26 años y eres médico. Estoy increíblemente orgulloso de ti." Había lágrimas en sus ojos.   —Gracias, mamá —respondió William—.

En comparación con el Profesor, se le permitió llamar a su madre, incluso si él era huérfano y ella no era su verdadera madre.

Para él, ella era su madre y él la amaba con cada latido de su corazón. "Y Richard", dijo mientras se dirigía a Williams camarada, compañero de cuarto y mejor amigo, "Felicidades a ti también, no puedo esperar a ver qué será de ambos". Richard le dio las gracias y los dos desaparecieron en su apartamento.

Desde el principio, William llamó al Sr. Carmichael el Profesor. No sólo porque su esposa hizo lo mismo, sino que el profesor era mucho más.

Lo acogió y lo crio. Se convirtió en su supervisor de doctorado y también fue uno de sus profesores en la Universidad de Oxford. No le faltaba nada. Fue enviado a las mejores escuelas y criado como uno de los suyos. Hicieron todo lo posible para criar a un joven con buenos modales, un sólido conocimiento general y una creencia. Sin embargo, no se vio obligado a él en qué o en quién debía creer. William siempre fue capaz de decidir por sí mismo, de ganar su propia experiencia, y de discutir los errores con el Profesor y su esposa abierta y honestamente.

El profesor también le consiguió a William su trabajo secundario. Fue capaz de adquirir experiencia práctica en el Hospital John Radcliffe al principio de su universidad. En los últimos años, se ha convertido en el mejor asistente que los médicos han tenido, no sólo porque nunca había estado enfermo, e hizo su trabajo con tanta compasión que a veces ha parecido espeluznante.

William y Richard tenían un apartamento en la finca del Carmichael. Una vez allí, William se miró al espejo, y los recuerdos brillaron a través de su mente de las interminables noches que había pasado con sus libros, las conferencias y el trabajo que necesitaba para sus estudios. Días, meses y años interminables y hoy tenía el diploma en sus manos.

Ahora, tuvo que demostrar que los esfuerzos en su educación y entrenamiento estaban justificados. Y muéstrele al profesor que sería un buen médico y que estaría a la altura del nombre del Carmichael.

Y las huellas que el nombre Carmichael había dejado, dentro y alrededor de Oxford, eran enormes.

Hay un golpe en la puerta. Billy se acerca a él y lo abre.

El Profesor está frente a él, siempre de alguna manera impresionante y sin embargo una persona de buen corazón. "William, hoy me hiciste sentir enormemente orgulloso. No conseguimos encontrar tu ubicación exacta. Abrazó a William, cosa que rara vez hace, y continuó hablando en voz baja: "Y yo tampoco habría querido otro hijo". Soltó a Billy, que lo miró, y pensó que podía ver algo así como una lágrima en la cara del profesor, que asintió con la cabeza de nuevo y se alejó.

El profesor era un modelo a seguir. Nunca le gritó a William, aunque a veces se lo merecía, pero siempre le hizo saber a Billy lo que había hecho mal. Siempre estaba allí cuando Billy tenía una pregunta, y no había nadie más trabajador que el profesor. Así era William.

Ahora que estaba solo en la cama, en posesión de su diploma, pensó en la expresión en la cara del profesor. Cuando lo pensó, se dio cuenta de que había más. No fue sólo orgullo lo que vio. Era algo que nunca había visto a los ojos del profesor. Estaba asustado. ¿Pero miedo de qué? ¿Por qué debería tener miedo el profesor y qué tiene que ver eso con William?

William se quedó dormido de incertidumbre, y con mil preguntas en la cabeza.

A la mañana siguiente, William se despertó empañado y emplumado. Los pensamientos no lo dejaron ir. Quería saber de qué se trataba. Y como estaba seguro de que el profesor no le diría nada, se dirigió a la señora. Carmichael. Ella lo amaba más que nada y seguramente le diría con toda honestidad lo que asustaba a su marido.

William entró en la cocina, señora. Carmichael estaba sentada sola en la mesa del desayuno y el personal estaba sirviendo su desayuno. "Buenos días William, ¿cómo se siente ser médico?" ella se rio con orgullo y amor. William respondió: "Extraño, todavía no sé si algo me cambiará, ¿o si tengo que cambiarme a mí mismo?" Sra. Carmichael se ríe mientras se levanta, y camina hacia él, mientras ella lo abraza, ella dice:

"No conozco a nadie que haya aprendido más que tú William.

Si hay obstáculos en tu camino, en tu vida, estoy seguro de que te las arreglarás y lidiarás con ellos usando tus conocimientos y habilidades. Eres un hacedor de mi hijo, y tú eres un Carmichael. Por favor, siéntate y desayuna conmigo." Se sentó. En el fondo de su mente seguían siendo las preguntas que tenía anoche y estaba preocupado acerca de si debía preguntar a la Señora. Carmichael o no.

Sra. Carmichael notó que estaba un poco confundido y que estaba un poco ausente. Por lo tanto, ella habló con él al respecto. No sabe si debería dejarlo descansar porque pudo haber visto algo que no era real. ¿O iba a hurgar en un nido de avispas y ser picado por algo que no debería mencionarse?

"He estado allí para ti durante 26 años William y cada vez que tuvieras algo, sea lo que sea, siempre lo resolveremos como familia.

Veo que algo te está molestando. Siempre es mejor cuando hablas de ello y pides ayuda. Al igual que has aprendido en la Casa del Carmichael, joven.

Él la mira y le pregunta con una expresión seria: "Ayer el profesor me abrazó, y pensé que era una expresión de felicidad debido a mi graduación. Sin embargo, cuando le miré a los ojos, vi algo completamente diferente. Era miedo real. ¿Puedes explicar por qué o al menos decir lo que está pasando? "

"Tienes 26 años y desde ayer eres médico y ahora te enfrentas a tareas para las que tal vez no estés preparado, cosas que tal vez aún no entiendas, hijo mío", continúa, "El mundo es... "

"William!" ecos de la puerta. El profesor se paró en la puerta y habló con su esposa: "¡Creo que es hora de una conversación a la que tuve miedo durante 26 años! Por favor, sígueme a mi estudio."

Siguió al profesor vacilantemente en su estudio e imaginó las peores cosas, muchos pensamientos corrían por su cabeza. Incluso tenía un poco de miedo de lo que podría venir después. El profesor estaba sentado en su escritorio, y William estaba sentado frente a él.

El profesor comenzó a hablar con una cara seria: "William, cuando eras un niño pequeño, te tomamos a nuestro cuidado. Los consideramos y criamos como nuestro hijo, y el Señor es mi testimonio de que hice todo lo posible para hacerte un joven increíble con modales y con mucho conocimiento". El profesor se puso serio como nunca antes y continuó: "Pero hay cosas en este mundo que aún no conoces. También me gustaría salvarte de ello, pero eres elegido, y tienes una gran carga que soportar". William no entiende una palabra y le gustaría hacer una pregunta, pero el profesor continúa: "Usted sabe que no sólo soy profesor en Oxford, sino que también trabajo como médico privado para una familia respetada".

¿Eso es todo? Corre a través de la cabeza de William. En repetidas ocasiones ha habido discusiones porque no querían explicarle por qué un respetado profesor de Oxford también trabajaba como médico privado para una familia en particular. Eso es todo. ¿Estas son las respuestas a sus preguntas que había tenido durante muchos años?

"William. De generación en generación, un médico ha tenido el honor de servir como médico privado para esta familia. Nada en este mundo es más importante que servir a esta familia en particular y a estas personas. No es un camino fácil, y a veces puede ser peligroso y muy difícil, pero si el destino te llama, tienes que responder a la llamada.

Te crie y entrené. Se necesita mucho más que ser un hombre. ¡Tienes que ser una buena persona, tener un buen comportamiento y tener un conocimiento particularmente bueno! Tú, William, ahora deberías saber la verdad. Por mucho que quieras saber."

Billy estaba confundido, ¿qué acababa de pasar aquí? ¿De qué estamos hablando? ¿Quién es esta familia y por qué son tan especiales? ¿Y por qué ahora tiene más preguntas que antes?

¿Y por qué no se podía haber predicho eso? ¿Por qué estos secretos todos estos años?

"¿Qué te parece?", Preguntó el profesor. "Mi padre me dio esta herencia, tal como su padre le dio. Se ha transmitido de generación en generación y sólo hay una familia en todo el mundo que es seleccionada para ello. No puedes solicitarlo. Sólo es heredable."

William tenía tantas preguntas. ¿A lo largo de su vida quiso saber qué constituye el mito, por qué todo era tan reservado y por qué lo dejaron fuera?

El profesor le precedió: "No puedo responder a todas sus preguntas. Sólo puedo ofrecerte que vengas mañana a ver qué pasa. Todo tendrá sentido, William."

William confió en su padre, el profesor con cuerpo y alma, e incluso si esto sonaba opaco y místico, estaba seguro de que el profesor y la señora. Carmichael nunca habría estado de acuerdo en nada que no fuera importante y significativo para él. El Profesor lo llamó la tarea más importante del mundo.   Ahora debería ser el trabajo de William.

William estaba listo para la tarea más importante de su vida. Hasta entonces él no sabía qué esperar.

"Si es importante para usted profesor, entonces haré todo lo posible para no decepcionar a usted y a la señora. Carmichael.   Sería un honor representar a la familia Carmichael en algo tan importante", dijo.

Él tenía un poco de miedo de lo que se avecinaba. A la mañana siguiente, después del desayuno, todo ocurriría.

William no podía esperar. El profesor se acercó a él y le dio una pequeña caja. Se podía ver que era increíblemente viejo, tenía leves signos de desgaste y ya había experimentado mucho.

Le dijo a William:

"Esta llave te abre puertas que permanecen cerradas a los demás, te muestra verdades que permanecen ocultas para los demás, y abre caminos que están bloqueados para los demás. Esta clave es su boleto a un mundo oculto desde hace mucho tiempo que trata sobre la fe, el honor y la confianza. Un mundo en el que el dinero no cuenta, pero su gente es rica. Protege esta llave y protégela con tu vida. Pon la llave alrededor de tu cuello."

Salieron y se subieron al auto. El profesor le había pedido que fuera al Hospital John Radcliffe y lo esperara en el ala privada en la que nunca había entrado. Una vez allí, no podía esperar y miró la pequeña caja con la llave en el coche y se sorprendió increíblemente.

Lo que vio fue una llave que tenía que tener muchos siglos de antigüedad. Vio adornos de la época de Jesucristo, de la Edad Media, de todas las épocas del tiempo, pero también aspectos modernos que han hecho una clave de código de la antigua clave. La barba de la llave tenía la forma de una cruz. ¿Qué diablos es eso y qué puerta se abre la llave?

El ala privada del hospital estaba en el parque, más como un castillo que como un hospital. Muchas veces se han contado historias al respecto y una fue descarada y exagerada más que la otra. ¿Ahora debería entrar ahí?

William llega a las paredes y no encuentra ninguna entrada que pueda abrir, y ninguna campana que le conceda la entrada. Después de una larga búsqueda y en la parte trasera del edificio, encuentra una puerta de roble ligeramente cubierta y pesada, que sin embargo está cerrada con llave. Incluso después de repetidos golpes, nadie le abre la puerta. Cuando casi se ha rendido, ve un agujero a la derecha de la puerta que se asemeja a una cruz. William toma la llave de su cuello y la pone en la abertura - un clic - y la puerta estaba abierta.

"Así que esa era la puerta que se abre esta llave", pensó. Pero también podría ser más fácil y más barato. No pensó más y entró. "Bienvenido Dr. Carmichael, ¿puedo quitarte algo?", preguntó la voz de una mujer. Cuando se acercó, reconoció a una hermosa joven, con una gran figura, grandes ojos azules, muy bonita, un gran perfume discreto y vestida con un estilo moderno. "Debería esperar al profesor Carmichael aquí", respondió. Ella le pidió que la siguiera. El ala privada de la clínica fue construida a partir de materiales de alta calidad, sólo los tejidos más caros y sólo se utilizó la mejor madera. La tecnología era de última generación. No conseguimos encontrar tu ubicación exacta. La oficina parecía más como un sistema de vigilancia y tenía dispositivos que nunca había visto antes.

Junto a ella había una sala de tratamiento, un quirófano y radiología. Parecía continuar para siempre. Dispositivos de primera clase. Actualizado y sólo lo mejor de lo mejor. ¿Quién era esta familia? ¡Quién tiene tanto dinero que puede pagarlo! Su hospital privado, que sólo estaba disponible para su familia y él, y donde sólo se utilizó el mejor y último equipo absoluto.

"¿Estás perplejo William?" Oye la voz de los profesores desde la puerta. "Esto me abrumó el primer día. Y si te digo que cada dispositivo aquí será reemplazado tan pronto como haya uno nuevo, entonces tendrás aún más preguntas. A menudo los dispositivos que se utilizan aquí ni siquiera están en el mercado."

William no pronunció ni una palabra. Tenía tantas preguntas, pero no sabía con cuál empezar. Tartamudeó: "¿Quién? ¿Qué familia?", no salió nada más. El profesor sonrió y le pidió a William que se sentara.

"Todo lo que te digo ahora no debe salir de esta habitación. Incluso si será difícil para ti guardarte esto para ti, tengo que pedirte que no le des a nadie la información que ahora te estoy transmitiendo".

El Profesor continúa: "El mundo tal como crees saber está formado por muchos más hechos y funciona de muchas más maneras de las que estás familiarizado. Hay familias en el fondo que ningún ser humano normal ha visto afectar a todo el país e influir en parte en lo que está pasando en el mundo.

Algunas personas no encajan en su visión del mundo y darán la vuelta a su visión del mundo".

"¿Individuos?" William piensa que el profesor parece demasiado teatral para él, pero sigue escuchando atentamente.

"Hoy cuestionarás tu creencia completa y ya no sabrás lo que es bueno y malo porque ..."

De repente, una enorme explosión interrumpe la conversación. Hay un gran tumulto alrededor de la casa, se disparan disparos, la casa tiembla con la próxima explosión. El hermoso secretario, que era educado y agradable, entra en la oficina del profesor con un arma en una funda, y una ametralladora moderna superior y le llama para que el convoy ha sido atacado. El profesor saca un arma del cajón y sale de la oficina con el secretario. ¿El profesor y un arma? ¿Qué está pasando aquí?

William irrumpe en la ventana y tiene que agacharse porque los disparos golpean la ventana, pero como es vidrio a prueba de balas, los disparos no pueden hacer nada a la ventana. Ve que un convoy de coches que se acercan a la casa está siendo atacado a tiros.

Un helicóptero aparece y protege el convoy mientras los asaltantes continúan atacando con vehículos casi armados. Los sonidos de una ametralladora provienen del techo del ala privada con disparos fuertes y aburridos.

Boom — boom — boom. Una y otra vez, una explosión tras otra. La gente salta de los vehículos y dispara contra los asaltantes.

¿Qué pasa? William cae al suelo, pone sus manos en sus oídos porque el ruido violento duele y sólo quiere que se detenga. Después de una explosión violenta, se pone más tranquilo y escucha voces en el edificio.

De repente se abre la puerta, y llega un regimiento de guardias de seguridad, todos armados y en modo de combate. Rodean al profesor y a otro hombre que está con él. Casi parece que estos hombres están protegiendo a la pareja con sus vidas y poniéndose delante de las balas.

Se pone fuerte en el interior, y se puede escuchar por una radio que los asaltantes se han retirado porque la policía se está acercando con un gran contingente. El grupo va directamente a la sala de tratamiento y William sólo puede echar un vistazo a la persona que está siendo protegida por la vida de todos los demás.

Este último también lo mira y parpadea contra él, el mundo parece quedarse quieto por un momento, parece estar tranquilo y un rayo de sol entra por la ventana antes de que el escenario continúe en el momento siguiente y todo el mundo desaparezca en la habitación de al lado.

Junto a William en la oficina, seis guardaespaldas están como en un libro de fotos. Todos podrían pasar como modelos.

Cuerpo perfecto, y todo perfectamente equipado con ametralladoras y pistolas modernas, y un chaleco antibalas con una cruz en él.

El secretario se acerca a William y le pregunta si todo está bien. Él sólo la mira y está en shock.

Ella pone el libro que está sosteniendo al lado de William y quiere ayudarlo a levantarse. Sin embargo, rápidamente es llamada de vuelta a la sala de tratamiento. ¿Qué acaba de pasar aquí? ¿De qué se trata todo esto? William sólo quiere salir de ahí. Empaca todo lo que lo rodea, se levanta y sale corriendo, sale del edificio y deambula durante horas antes de llegar a casa por la noche.

El profesor ya lo está esperando en la puerta principal para explicárselo todo. Sin embargo, William ya no quiere oír nada al respecto hoy.

Va directamente a su apartamento, se encierra e ignora los múltiples golpes del profesor y la señora. Carmichael.

Si este es el nuevo mundo del que el Profesor ha delirado, entonces no quiere saberlo.

Él despierta a Richard y le pide a él, su mejor amigo, que confíe y lo mantenga a su lado. Los dos hacen un paquete rápido y desorganizado de todo lo que pueden encontrar en las bolsas de viaje, sacan sus pasaportes del cajón y salen de la finca del Carmichael en medio de la noche.

El taxi los llevará directamente al aeropuerto de Heathrow, donde se reunirán con Sigrun, el tercer miembro de su banda, y juntos reservarán el próximo vuelo posible a cualquier lugar.

William duerme durante todo el vuelo. Sigrun mira a Richard y le recuerda que es hora de resolver el secreto. El tiempo se acaba y William todavía tiene que estar preparado.

Cuando tienen que abrocharse para aterrizar William es despertado por la azafata.

"Señor Carmichael, por favor abrochar el cinturón de seguridad, aterrizaremos pronto." Totalmente somnoliento e internamente perturbado, William hace lo que le dicen.

Después de un aterrizaje exitoso y registrarse en el hotel, los tres escuchan a los oficiales decir: "Les deseamos una agradable estancia en Roma".

El teléfono despierta al profesor en medio de la noche. En el otro extremo, una voz gritó: "¡El libro se ha ido! No hemos podido encontrar el libro desde el incidente de ayer. ¿Te llevaste el libro contigo?", miró el profesor, pero no tenía ni idea. Decidió preguntarle a William y aclarar si había llevado accidentalmente el libro con él. La voz en el teléfono advirtió de nuevo. "Sabes lo que pasa cuando se lee el libro."

— Haga clic — La conversación terminó abruptamente.

El profesor inmediatamente fue al apartamento de William a buscar el libro. Después de llamar varias veces, abrió la puerta y encontró el apartamento de William vacío. Sobre la mesa un pedazo de papel en la letra de Billy con las palabras 'Necesito algo de tiempo para mí'. El profesor sintió algo terrible.

El profesor rápidamente ordenó que su paciente del ala privada fuera a los terrenos del hospital. Tuvo que prepararlo para todas las eventualidades y prepararse con él para lo peor.

Llegaron, y William y sus amigos se subió a un taxi en el aeropuerto. Decidió alejarse de Inglaterra primero y tener claro lo que había sucedido allí.

Siempre habían resuelto los problemas hablando de ellos, pero esta vez sintió que el profesor le había mentido, y tuvo que lidiar con eso primero. No puede haber razón para que justifique que el profesor y la Sra. Carmichael estaba mintiendo o no diciéndole nada. Necesitaba algo de tiempo a solas.

"Buongiorno, ¿cómo puedo ayudarte?", preguntó la recepcionista del hotel de Roma.

"Una habitación individual y otra doble durante dos noches, por favor", respondió William. Y 10 minutos después estaba en su habitación de hotel. En Roma, con la cabeza llena de preguntas, se acostó en la cama y quiso escuchar algo de música. Cuando buscó su teléfono celular en su bolsa de viaje, se dio cuenta de que con toda prisa y confusión también había tomado el libro que la secretaria tenía en la mano después del ataque.

El paciente había llegado a Oxford. El profesor le dijo ansiosamente que pensaba que su hijo había tomado accidentalmente el libro y no sabía lo que estaba sosteniendo. Tenía que estar preparado para que en cualquier momento pudiera pasar algo malo.

.......Williams abre el libro en Roma para ver lo que dice

.......al mismo tiempo, el paciente cae en Oxford y pierde el conocimiento........

Desde Roma, una ola invisible se extiende por todo el mundo. Cualquiera que conozca la historia del libro sabe que el Lector tiene 10 días para averiguar el nombre del propietario del libro, hablarlo en voz alta y así salvar el mundo. Pero sólo si es el nombre correcto. Si no, seguirá 1000 años de oscuridad en el mundo. Nada volvería a ser igual.

Llevan al paciente a la sala de tratamiento. Decenas de médicos y enfermeras cuidan al paciente junto al profesor, y todo el mundo sabe que el reloj está corriendo.

"Tenemos 10 días", dice Michael, la mano derecha del paciente. Ahora tienes que ser rápido y encontrar el libro, completar el proceso y completar la renovación.

"Profesor! ¿Dónde está tu hijo?
"

"No lo sé", responde el profesor. "Michael, no lo sé", renunció el profesor.

Mientras tanto, William mira página por página, pero sólo hay páginas en blanco en la portada del libro. Luego lo cierra molesto.

Quiere dejarla a un lado cuando de repente una luz deslumbrantemente brillante sale de ella e ilumina toda la habitación. Abre el libro de nuevo y aparece una historia — así que comienza a leer —

En Oxford, el paciente revive la historia, sentencia por sentencia y acción por acción. Como en ese entonces.

"Míralo", Michael la mano derecha del paciente se dirige al profesor, "Ha comenzado, y no podemos ayudarlo. Ningún médico, ningún profesor y ningún milagro puede salvarlo ahora", dijo. Tenemos que encontrar a William antes de que los demás lo encuentren. Las señales se han llevado a cabo en el mundo. Todo el mundo sabe que el libro ha sido abierto. Todo el mundo sabe que es todo o nada ahora.

¡Tenemos que encontrar a tu hijo!"

"Salió de nuestra casa anoche y desde entonces no hemos visto nada de él. Tampoco hemos sabido nada de él", explica el profesor. "Mi esposa ha descubierto que su pasaporte está desaparecido. Tal vez entró en pánico y tomó el siguiente mejor vuelo."

Michael, la mano derecha del paciente, da instrucciones por teléfono: "El libro ha sido abierto. Nos veremos en la sede en una hora", se dirige al profesor: "Quédate aquí.

Me gustaría que me informara sobre cada detalle. He defendido y protegido a este hombre durante tanto tiempo, no voy a permitir que muera ahora. Ni ahora ni en ningún otro momento. Significa más para nosotros que nuestra propia vida", dice, se da la vuelta y huye.

El profesor reúne a su equipo y les habla en un tono tranquilo pero severo, "El Libro de los Caballeros Templarios" ha sido abierto. Sabemos que a partir de ahora nuestro paciente dispone de diez días para conectar con el lector y así llevar a cabo la renovación. Si no encontramos al lector en diez días y lo conectamos con el paciente, el paciente morirá.

Además, el paciente revive sus historias y experiencias de 'El Libro de los Caballeros Templarios', lo que significa que cada lesión que ha sufrido en este libro se hace real. Sólo que esta vez su cuerpo no puede curarse a sí mismo. Tenemos que hacer eso por él. Tenemos que cuidarlo para que sobreviva durante los próximos diez días. Sin embargo, sólo podemos cuidar de sus heridas y cuidar de él. Todas las heridas que reciba en los próximos diez días permanecerán durante los próximos días. Esto significa que, si ha sido herido en varias historias en su libro, estas lesiones suman. Sólo puedo esperar que estemos a la altura del desafío".

"Usted ha estado preparado para esto toda su vida. Incluso si hubiéramos esperado que esta vez nunca llegaría, ahora ha sucedido. No dejaremos a este hombre durante los próximos diez días, y haremos todo lo que esté en nuestra mano para que se lleve a cabo la renovación. Cuento con cada uno de ustedes", dice el profesor, y se dirige a la sala de tratamiento.

William se pregunta cómo podría haberse perdido la historia la primera vez y sigue leyendo....

VALIANT THOR

... 4º mes en 1960 después del Señor.

Hoy hablé con el Sr. Thor sobre su misión. Había aterrizado en el país llamado los Estados Unidos de América desde el día 16 en el cuarto mes de 1957 después del Señor. La Federación Galáctica le había encargado llamar a los Gobernantes de la Tierra para razonar y le pidió que discutiera juntos el futuro nuclear de la Tierra. Desde el punto de vista de la Federación, ha sucedido demasiado rápido en nuestro curso actual de los años que la humanidad encuentra una calamidad que puede borrar todo. Desafortunadamente, la gente de hoy no es más capaz de aprender que las que han sido.

Desafortunadamente, el curso histórico se repite.

"No sé si puedo hacer que la humanidad sea razonable hasta esta renovación en 2033 después del Señor", sr. Thor habló con el camarada Romanowitsch, quien habló para la carrera rusa en 1978 después del Señor y un año más tarde con el Sr. Mao Zedong que habló en favor de la raza china. Me aseguró que había hablado con todos los líderes en los tres años de su visita a nuestro planeta, pero nadie estaba dispuesto a reaccionar ante el desastre inminente. Más bien, esas personas inteligentes no se le parecían como si no pudieras reaccionar, sino como si simplemente no quisieran.

Sr. Thor y yo nos conocimos en Escocia en nuestra propiedad. Estaba extremadamente decepcionado de que la historia pareciera repetirse. No importa la ayuda que hayamos puesto a disposición de la gente esta vez, cuántas veces te habíamos ayudado esta vez, la historia continuó desarrollándose en la dirección en la que los guardias tendrían que intervenir. Si la gente no se vuelve cuenta, puede que no tengamos otra oportunidad. ¿Cuántas oportunidades hay para la humanidad?

Antes de que pudiera despedirme del Sr. Thor fuimos atacados. No sé cómo Luce descubrió dónde estábamos. Más bien, resultó que siguió al Sr. Thor y eso lo habían llevado a mí.

Pudimos defendernos del renovado ataque, pero el precio era demasiado alto. Me lastimé cuando una bala golpeó mi hombro. Nuestro invitado Valiant Thor resultó fatalmente herido.

El enviado de la Federación Galáctica fue asesinado por Luce en mi presencia.

Envié a uno de sus guardias para transmitir mis condolencias y disculpas a la Federación Galáctica. Los nueve Guardianes han estado comprometidos con la nueva humanidad durante mucho tiempo. Esta vez, todas las cosas de la primera creación deben mejorarse. El diluvio eliminó errores y nos permitió reiniciar, nos apoyaron con el conocimiento y algunos otros poetas, eruditos y pensadores fueron tomados a un lado y lo ayudaron a mejorar el curso de la historia. ¿Pero qué pasaría ahora?

¿Reaccionaría el sumo consejo con gran sabiduría esta vez? ¿Dejaría el alto consejo que la gente pasara por esto como otra de sus innumerables malas conductas?

La Federación discutió siete días y siete noches y se me permitió enfrentarme al Consejo de 9. La sabiduría de estas criaturas es insuperable y no había duda de por qué estos 9 individuos se convirtieron en los guardianes de la humanidad.   Sin embargo, Valiant Thor fue uno de ellos, un hermano que se ha separado de su comunidad porque libramos esta batalla interminable en la Tierra.

Hasta la próxima renovación en el cuarto mes de 2033 después del Señor, la humanidad debe probarse a sí misma. Sólo si las personas logran hacer las cosas sin mi intervención, para demostrar que se defienden mutuamente, que se cuidan unos a otros y que son dignos de que se les dé otra oportunidad, entonces puede tener lugar la renovación.   Sin embargo, si la lujuria, la ira, la envidia, la gula, la arrogancia, la indolencia y la codicia siguen prevaleciendo, el capítulo actual de la humanidad se cerrará.

No podía cambiar nada. No se me permitió identificarme.   Y la humanidad había sellado su destino una vez más. Todo lo que podía hacer era rezar. ....

William giró la página, pero las siguientes páginas estaban en blanco. ¡Pensó en sí mismo con un sombrero de ciencia ficción y dejar el libro a un lado y acostarse para dormir!

En Oxford, el profesor y su equipo lucharon para tratar la repentina herida de bala del paciente lo más rápido y posible. En circunstancias normales, las heridas del paciente sanan por sí solas.

Durante los próximos diez días, sin embargo, su cuerpo reaccionará como el cuerpo de cualquiera en este mundo. Podría ser asesinado en los próximos diez días y no habría nada que pudiéramos hacer al respecto.

Desafortunadamente, no sabes qué historia aparece y si está herido o no. No puedes prepararte para nada que sólo puedas reaccionar de ahora en adelante.

Eso explica todo el equipo caro. ¿Pero puedes estar preparado para algo?

La vida de este hombre determina el futuro de toda la humanidad.

¿Quién es este hombre? ¿Cómo se llama?

"Profesor, rápido", se hace eco desde la sala de tratamiento. Una vez allí, el profesor descubre que el paciente está sangrando abundantemente en el hombro. Con los otros médicos, se dispone a averiguar de dónde viene la sangre, qué la causó y qué se puede hacer para detenerla.

"Descubre la herida", dice el profesor a su asistente, "y limpia la herida. Tenemos que ver de dónde viene la sangre. Por favor, también se le haga una radiografía para que podamos ver si los órganos internos están dañados".

Tan pronto como ha visto la herida delante de él, inmediatamente se da cuenta de que se trata de una herida de bala. "Al quirófano, prepare todo para la cirugía", le grita el profesor al asistente. "Tenemos que quitar una bala y detener el sangrado." Mira a su colega con preocupación mientras se lava las manos y las esteriliza. "En los próximos días, podríamos estar lidiando con sustancias que hemos ignorado y guardado durante mucho tiempo.

Todavía no sé cómo responderá su cuerpo a nuestra medicina, pero tenemos que actuar como si nunca hubiera recibido un antibiótico o algo así. Este es un nuevo territorio para nosotros", continúa "en el pasado, su cuerpo se ha curado, pero a partir de ahora somos su seguro de vida". Entraron en el quirófano.

Después de mirar la radiografía, se para en la parte superior de la mesa de operaciones y examina la herida. Con fórceps, abre lentamente la herida para que pueda echar un vistazo dentro. En el fondo, solo se oye el pitido regular de la máquina de presión arterial y los altibajos de las máquinas cardíacas y pulmonares. Todo el mundo está tenso esperando a ver qué dirá el Profesor.

"La bala sigue ahí. Tenemos que sacar la bala y detener la hemorragia."

En la radiografía, pueden ver que la bala se atascó en la articulación del hombro. Necesitan extraer la bala en el quirófano, detener el sangrado y mantener el dolor para el cuerpo debilitado lo más bajo posible. Bajo estrés, esto no es un asunto fácil.

El profesor empieza. Es tan silencioso que incluso se puede oír el reloj tictac, en un incesante tick-tock tick-tock tick-tock tick-tock. Parece que se está haciendo cada vez más fuerte. El Profesor no está irritado por esto. Con una mano firme, dirige un par de fórceps hacia la herida, que es ensanchada por un asistente, penetra más y trata de encontrar la bala y sacarla con los fórceps. Después de un tiempo aparentemente interminable, en silencio saca el acero duro. La herida comienza a sangrar fuertemente. "Por favor, succionen la sangre", aconseja al asistente, "entonces podemos cerrar la herida".

Su asistente le da una mirada interrogante y no puede abstenerse de preguntar: "¿Por qué no reconstruimos la articulación del hombro? Si lo dejamos así, nunca podrá usar su brazo como antes". El profesor no se deja disuadir y continúa, cierra la herida con puntos lentos y limpios y luego limpia la zona. Luego se dirige al asistente: "El cuerpo de este hombre se renueva y se cura, sólo que en estos diez días es vulnerable. Debemos manejar todas sus heridas y lesiones y para que esté listo para el transporte y pueda asistir a la renovación.

Si esto funciona, su cuerpo sanará por completo y no habrá heridas, ni roturas ni arañazos. Si fallamos, este hombre morirá.

Es por eso que te pido que hagas lo que te pido sin perder el tiempo". El profesor se levanta y después de que le ha pedido al asistente que venda la herida, va a su oficina para llamar a Michael el asistente del paciente y reportarle. "Se leyó la primera historia. Tenía una bala en el hombro. Pudimos retirarlo y cerrar la herida. No creo que sea potencialmente mortal, pero está debilitado, y no sé si su cuerpo responde al tratamiento o si habrá más sorpresas. Simplemente no lo sé."

Michael, el asistente de pacientes responde: "Es la primera vez que se lee el libro. La primera vez. Y ni siquiera sabemos qué historias se leerán. Me comunicaré contigo tan pronto como tengamos algo nuevo. ¿Oíste algo de tu hijo? Tenemos que saber dónde está para poder unir a los dos". "No", responde el profesor, "nada nuevo hasta ahora. Debe haber apagado su móvil. Pero seguimos intentándolo. Nos pondremos en contacto de nuevo", dice y cuelga.

Michael, la mano derecha del paciente sale de la oficina y va al patio, parece barracones, pero al mismo tiempo, parece un noble complejo residencial. Todo está meticulosamente cuidado. Los últimos y más exclusivos vehículos están disponibles. El equipo está notablemente limpio, casi nuevo. Nada, pero aquí no se parece nada. Nadie ha visto un lugar como este antes.

Una columna de seis vehículos llega a Michael, seis nuevos Range Rovers, todos negros, ventanas tintadas y matrículas negras, qué espectáculo. Una voz suena desde el primer coche, "Señor, hemos informado a la unidad. Nos encontraremos en diez minutos en el aeródromo." Michael entra y la columna comienza a moverse rápidamente, coche a coche, parachoques a parachoques! Qué perfección.

La zona de vuelo estaba a sólo unos minutos de distancia, hay un helicóptero artillado junto al otro.

Varios aviones privados de todos los tamaños están disponibles, pero ni un solo avión tiene un identificador. La pista que sólo se puede ver de una segunda mirada también podría ser suficiente para aviones de grandes. El centro de mando también está alojado en la torre.

Los hombres están alineados, una cruz está adornada en sus chalecos antibalas, el equipo es tan nuevo que a algunos estados les gustaría llamarlo suyo.

Están esperando las instrucciones de su cliente potencial. Michael comienza a jurar en los hombres y mujeres. "Vigilamos a este hombre día y noche para que no le pasara nada. Siempre lo hemos acompañado y hoy nos necesita más que nunca, no lo decepcionaremos.

N.º 1: Richard y Sigrun han informado de que están en Roma. Activa nuestras unidades en Roma. Envíales a todos los hombres que puedas prescindir.

Luce seguramente ya sabe dónde están también. Ahora somos nosotros o él.

No.2: Usted y su equipo tomarán la ambulancia aérea y lo llevarán a Oxford. Cargue al paciente y a los médicos en el avión y úsalo para rodear Europa. Apague la ubicación. Mantenga la línea abierta para obtener más instrucciones.

No.3: Usted y su equipo se quedan aquí en el centro de mando. Por favor, manténganos al día sobre el clima y manténgase en contacto con los gobiernos. Necesitamos una conducta segura. Sin interferencias, sin obstáculos. Tenemos que ser capaces de empezar en cualquier momento. Hemos entrenado todos estos años para esto. Eso es lo que importa. Tenemos que protegerlo con nuestras vidas.

Por favor, póngase en contacto con los Guardianes, necesitamos su ayuda con la búsqueda. Ya saben de qué se trata. No tienes que ocultar nada porque los Guardianes saben lo importante que es la renovación. No quieres vivir en la oscuridad durante 1000 años ni ver cómo Luce destruye el mundo que los Guardianes han construido a lo largo de muchos milenios. Necesitamos su ayuda otra vez.

Me comunicaré con mis hermanos. No podemos enfrentarnos a Luce con nuestras armas normales. Los milenios han mejorado nuestro equipo, al mismo tiempo que ha tenido tiempo de mejorar el suyo.

Y a lo largo de muchos miles de años, ahora tiene más seguidores que nunca que quieren que el mundo tal como lo conocemos deje de existir".

William no sabía qué pensar de la historia. Aunque fue escrito como un diario, no pudo serlo. Pensó que el escritor era probablemente un escritor o trató de serlo. Tuvo que sonreír cuando pensó en los gobernantes del mundo y en la renovación en 2033. Se puso la chaqueta, preparándose para despejar su cabeza mientras caminaba por Roma y finalmente apagarse. Durante unos momentos, no había tenido que pensar en los acontecimientos que lo habían traído a Roma.

Hubo un golpe en su puerta. Cuando se abrió, Richard y Sigrun se pararon frente a él. Estaban vestidos y armados como mercenarios, y Richard le dijo a William "Tenemos que hablar".

Se sentaron y el perplejo William quería saber qué estaba pasando aquí, y por qué demonios sus dos mejores amigos estaban vestidos como mercenarios. Cuando miró más de cerca, vio la cruz en el chaleco antibalas de los dos.

Eso le pareció familiar. No tardó mucho en recordar que había visto esto en la oficina del profesor en Oxford durante la redada. Ahora era el momento de aprender la verdad.

Richard comenzó: "El hombre que viste ayer en la oficina del profesor era tu padre. Tu verdadero padre. Te puso al cuidado del profesor porque eso es lo que hizo con todos sus hijos.

Los Carmichael siempre han criado a los chicos del paciente. De generación en generación, y mi familia siempre ha protegido a su descendencia. No es casualidad que los dos nos conociéramos de niños, que creciéramos juntos y que siempre tuviéramos las mismas metas en la vida. Afortunadamente, también nos hemos convertido en mejores amigos. No siempre fue así."

William lo interrumpe, "No entiendo nada en absoluto. ¿Creí que mis padres murieron en un accidente? ¿De qué se trata todo esto?"

Sigrun continúa: "Eres el hijo de una de las personas más importantes del mundo. Dárselo a los Carmichaels fue para su protección. No hay mejor manera de chantajear o romper a alguien usando a su familia.

Deberías haber aprendido todo esto gradualmente en los próximos años. Te habrían presentado todo lo que se te habría explicado hasta el más mínimo detalle desafortunadamente ayer accidentalmente tomaste El Libro de los Caballeros Templarios' y lo abriste. Esto establece un efecto dominó en movimiento que puede conducir a la aniquilación de la humanidad."

"Detente, detente, detente", le interrumpe William. "Tienes que estar bromeando? La humanidad en peligro. Es suficiente para mí. No me siento como esta mierda.   Déjame en paz.   ¡Pensé que éramos amigos!

Pensé que exploraríamos el mundo juntos, escribiríamos nuestra historia juntos y seguiríamos siendo los mejores amigos de por vida. ¿Y ahora? Ahora me entero de que las personas más importantes para mí me han mentido toda mi vida. ¿Cómo reaccionarías? Si todo era una mentira hasta ahora, ¿por qué debería creer esta historia?

"No todo fue mentira", le dice Richard a William y se sienta a su lado. "Eres nuestro mejor amigo. Si estás utilizando un ordenador portátil o una Tablet, intenta moverte a otra ubicación e inténtalo de nuevo. Cuando me dijeron quién eras y qué papel desempeñas, no podía creer durante semanas que fuera verdad y que, si hubiera sido alguien que no fueras tú, habría tenido un problema con él. Pero eres como un hermano para mí que nunca tuve. Eres como una familia para mí. Sigrun y yo moriríamos por ti sin dudarlo. No porque sea nuestro trabajo, sino porque eres nuestro amigo, nuestro hermano. Te queremos, William. Pero ahora no tenemos tiempo que perder. Ya no estamos a salvo aquí. Tienes que confiar y escucharnos. Muchas vidas dependen de ello."

William lo mira y lo abraza, luego va a Sigrun y la abraza también. Se sienta y les dice en un tono tranquilo que deben explicarle todo de lo que se trata y lo que debe hacer.

Richard comienza, "El Libro de los Caballeros Templarios" siempre se queda con su dueño. Siempre debe tenerlo con él, y asegurarse de que nadie más lo abra. Si esto sucede, se inicia un mecanismo que es tan importante, que se trata de si la humanidad desaparecerá en la oscuridad durante los próximos 1000 años o si continuaremos como antes.

Durante los próximos diez días, una historia aparece todos los días, que el buscador del libro tiene que leer. El propietario del libro experimenta cada palabra, cada historia tal como está escrita. Y si se lastima en la historia, le pasa al dueño aquí y ahora. Después de diez días y diez historias, el lector necesita saber cuál es el nombre del propietario y dónde encontrarlo. En este lugar, tiene que conocer al dueño, y si todavía está vivo y capaz, decir su nombre en voz alta.

Yoes el nombre correcto, todas las lesiones al dueño desaparecen y el mundo continúa como antes. Sin embargo, si es el nombre equivocado, el mundo desaparecerá en la oscuridad y el mal se apoderará de la Tierra durante los próximos 1000 años. Abriste el libro y leíste la primera historia. En diez días, tendremos que conocer al hombre cuyo nombre esperas haber conocido para entonces en el lugar que nos nombras. Ahora todo el mundo confía en ti. Por cierto, no podemos ayudarte. No podemos darte una pista. Si alguien lo hace, inmediatamente pierde la vida en el acto y la tarea se considera que no está compuesta. Entonces la oscuridad viene sobre nosotros. Demasiado para el resumen."

William traga audiblemente y pregunta cómo eso es posible, y Sigrun y Richard le explican que los 9 Creadores Galácticos de la Tierra, llamados la Federación, crearon humanos en colaboración con Dios. Fueron creados porque querían que la humanidad creyó en alguien.

"La Tierra tal como la conocemos ahora no es el primer intento. A pesar de su apoyo y su inspiración para la arquitectura y todos los demás problemas de la vida, la humanidad se ha desarrollado en la dirección equivocada".

Había demasiadas razas diferentes en la Tierra y después de que la Federación tuvo que admitir que los humanos, dioses, gigantes y neflim estaban en guerra en lugar de disfrutar de la vida, ordenaron el diluvio.

Luego corrigieron las cosas principales. Todos los gigantes murieron en la inundación. A ningún neflim se le permitió vivir en la Tierra y a los dioses ya no se les permitía bajar del cielo a la Tierra.

Hubo excepciones. Los Guardianes de la Federación están entre nosotros. Toman formas de personas y viven entre nosotros y tratan de controlar nuestras acciones, que funciona muy bien.

Poetas, arquitectos, artistas y líderes tienen guardianes de su lado sin que ellos lo sepan. El desarrollo de la humanidad se renovó, y la imagen de la tierra cambió un poco. Sin embargo, la Federación no quería eliminar por completo los edificios sólo para ver qué hace la humanidad con esta información.

Dios no creó la Tierra, el pueblo y todo lo que ves. Fueron creados por los 9 líderes galácticos de la Federación. Dios seguía siendo importante. Con el primer intento, se dieron cuenta de que las personas necesitan algo o alguien en quien puedan creer y eso les da fuerza.

Desafortunadamente, la gente es estúpida. En lugar de ser felices en un mundo hermoso teniendo todo lo que necesitan para una gran vida, ¿adivinas lo que hacen?

Libran guerras en el nombre de Dios. La Federación decidió enviar al Hijo de Dios a la humanidad para unirlos bajo una sola creencia. Y la gente lo crucificó. Entonces los novenos líderes galácticos decidieron dar a la gente tareas para mostrarse dignas de vivir en este mundo. "El

Libro de los Caballeros Templarios" es una tarea. El libro estaba en posesión del paciente desde el principio, que ahora se encuentra en Oxford. Ustedes son los primeros en abrirlo y llevar a la humanidad al borde de su existencia sin querer.

William, tienes que salvar a la humanidad y no conozco a nadie en quien confiaría para hacer esto más que tú".

"Ok", dijo William, "¿qué sigue?"

Sigrun se levantó y se volvió hacia William y le dijo: "Tenemos que empacar nuestras cosas y salir de aquí. El libro siempre envía una señal tan pronto como leas una historia. Una señal de que todos pueden sentir quién quiere que el mundo siga existiendo.

Sin embargo, todos los que quieran que el mundo se convierta en un infierno durante los próximos 1000 años, en los que nadie puede ser feliz, sin risas y sin alegría, también recibirán una señal.

Siempre tenemos que estar en movimiento y antes de leer el siguiente capítulo, necesitamos tener un plan donde podamos ir después de leer. Lo más lejos posible del punto de acción.

El problema será que tenemos 24 horas entre historias para desaparecer y no regalar nuestra ubicación. Debemos hacerlo cuidadosamente para que siempre podamos escapar de nuestros perseguidores, pero dejarlos sin indicación del siguiente lugar donde nos detenemos. ¿Complicado?"

Sigrun mira a William, que la está siguiendo de cerca. "Te protegeremos, Billy. No dejaremos que te hagan nada. Todavía tenemos tantas aventuras esperándonos. Ahora por favor ponte el uniforme, que puedes encontrar en la mochila. Te parecerás a nosotros y eso hace que sea aún más difícil para los asaltantes. Entonces tenemos que irnos. No quiero saber quién quiere matarte y agarrar el libro."

William se pone la ropa y se van. Pagaron la factura de su hotel y de repente había cinco Range Rovers negros frente al hotel. Dos helicópteros de combate rodearon por encima de ellos. Raphael, el líder de las tropas, los encontró apenas fuera de la puerta y no quería perder el tiempo.

"Por favor, retire las tarjetas SIM de sus móviles y apártelas."

Luego habló con los auriculares: "Líder al convoy. El paquete está a bordo y tenemos la carga con nosotros. Salida al punto de encuentro cero-cero-uno."

El convoy se puso en marcha y los helicópteros siguieron. Sin embargo, no llegaron lejos. A tres cuadras de distancia un tanque bloqueó la calle y tan pronto como el convoy se convirtió en la calle, disparó sin previo aviso. Explosiones alrededor del convoy. Roma de repente se convirtió en un teatro de guerra.

"Mierda", sigrun se volvió hacia Richard, "nos tomó demasiado tiempo." Richard soltó su arma y se preparó para la pelea. El convoy se convirtió en la calle de al lado y condujeron a una velocidad infernal a través de calles estrechas de Roma. Hubo explosiones por todas partes, uno de ellos golpeó el último coche y explotó y volcó en un fuerte golpe.

"Vamos, vamos, ¡vamos!" Raphael gritó: "No son los hombres de Luce. Empiezan a disparar imprecisos y sin cabeza.   Ese no es el estilo de Luce. Estos son mercenarios. Ángel Uno baja y recoge a nuestros pasajeros."

En medio de la siguiente intersección, un helicóptero aterrizó repentinamente y a toda velocidad, se dirigieron hacia él y se detuvieron poco antes bajo neumáticos chirriantes.

"¡Vamos, vamos, vamos!", gritó el comandante, "en el helicóptero, te llevará al siguiente punto de encuentro".

Los tres pasajeros saltaron y entraron en el helicóptero. Esto despegó tan rápido como William nunca había visto antes y voló justo por encima de los coches. Cuando estaba fuera del alcance de los asaltantes se levantó y llevó a los tres pasajeros a una zona privada del aeropuerto donde un jet privado ya los estaba esperando.

"Hay que cambiar al avión", dijo el piloto a los tres pasajeros. Se dirigieron al avión donde cuatro guardaespaldas los esperaban.   "Somos sus guardaespaldas", dijo uno de los cuatro.

"Usted tendrá que subir a bordo." La puerta se cerró y se les permitió despegar inmediatamente. Todos los demás aviones tuvieron que hacer sitio. Se levantaron en el aire. Cuando William miró por la ventana, se dio cuenta de que los aviones de combate estaban acompañando al jet privado a ambos lados.

Se volvió hacia Richard y le dijo: "Me debes una explicación exacta".

Richard le aseguró: "No hay ejército en el mundo tan bien equipado como el nuestro. Si podemos seguir moviéndonos todo el tiempo, será casi imposible que los demás nos encuentren.

Queremos que sobrevivas los diez días y hagas tu trabajo. Concéntrate en tu tarea William y te mantendremos a la escoria del cuello." Ambos se rieron en voz alta porque era algo surrealista.

Luego se dieron la mano y William le dijo a Richard: "No hay nadie en el mundo en quien preferiría confiar en mi vida que ustedes dos, mi amigo. Confío en ti y nada cambiará eso."

William abrazó a Richard y luego a Sigrun. Después de eso, decidieron dormir un poco para descansar para el día siguiente y la historia número dos. Mientras los tres dormían, el comandante informó a Michael, quien le informó al profesor que William estaría bien y que le habían dicho qué hacer.

El profesor entonces se dirige a su esposa y la toma en sus brazos, diciéndole: "William lo hará. Me alegro de que William haya conseguido esta tarea porque no confío en nadie más para hacer el trabajo. No le pasará nada. Te lo prometo." besó a su esposa y los dos se acostaron.

Cuando William abrió los ojos y se bajó del avión, no podía creer lo frío que era. Todo lo que podía ver era nieve y era tan brillante que lo cegó. En realidad, estaban en Islandia.

"Danos media hora", le preguntaron los guardaespaldas a William, "tan pronto como abras el libro, la señal será enviada y todos los criminales del mundo llegarán hasta aquí. Tenemos que salir de aquí tan pronto como hayas leído la historia y cerrado el libro".

Cuando terminaron los preparativos, todo el mundo estaba en plena marcha listo para que William leyera la historia solo y no se le permitiera decirle a nadie lo que había en ella. Le indicaron a William que podía empezar a leer. Richard, Sigrun y el resto del escuadrón estaban listos para despegar en el avión sin saber a dónde ir.

William se sentó, tomó el libro en su regazo y comenzó a leer.

BERENGER SAUGNIER

... Francia en 1900 después del Señor.

Es muy importante para nosotros consolidar nuestra fe y poner al mundo en el camino correcto, pero es igual de importante tomar un camino equivocado de vez en cuando porque la Federación me ha dicho específicamente que no revele mi nombre y que no ayude a la humanidad a cumplir con su deber.

Fue una hermosa mañana en la primavera de 1900 después del Señor. Vinimos al pueblo de Rennes-le-Chateau en busca del sacerdote del pueblo Berenger Saunier. El Padre Saunier se había ocupado de la iglesia de San Mar y Madeleine. Rindió homenaje a mi Mary. Ella merecía mucho más en mis ojos, pero tuve que ver a este sacerdote, mirarlo a los ojos, saber que él era serio y honró el nombre de mi Mary.

Cuando el Padre Saunier me vio, se puso de rodillas y comenzó a orar. Pocas personas en este mundo me reconocen sin exponerme a ti. Pude ver a los ojos del Padre Saunier que era un hombre honesto de Dios. Puede que no sea uno con la Iglesia terrenal, pero tuvo fe en el verdadero Dios, y honró a mi María.

Nos descuartizó en la casa parroquial, y nos quedamos diez días en el hermoso lugar y la iglesia de Santa Mar y-Madeleine.   Bendijo al Padre Saunier y a su iglesia.

El propósito de nuestro viaje era ocultar el llamado tesoro de los Caballeros Templarios. Habíamos dejado caminos equivocados durante 19 siglos y era hora de mantener a nuestros perseguidores preocupados en el siglo XX después del Señor para que nunca descubran la verdad sobre el verdadero tesoro. No fue difícil convencer al Padre Saunier para que se convirtiera en parte de nuestra historia y nos ayudara.

El padre Saunier había hecho su trabajo perfectamente.

Mi iglesia de maría sido perfectamente reconstruida y modernizada. La finca alrededor de la parroquia entonces parecía parecerse a un palacio. El Padre Saunier no era sólo un hombre de Dios, era parte de mí. Comprendió cómo contar su historia sobre el supuesto tesoro sin decir nada. La gente empezó a creer que el Padre Saunier encontró el tesoro mundano y comenzó a buscarlo ellos mismos. Sabíamos que este engaño, como las muchas otras referencias al tesoro, mantendría ocupados a los cazatesoros durante muchos años.

El padre Saunier nunca tuvo dudas y me apoyó hasta el final de su vida.

Que Dios cuide de su alma.

William cerró el libro y se dirigió al avión. Tan pronto como estaba a bordo, cerró la puerta y el jet comenzó a moverse. El piloto aceleró para despegar en el aeródromo y cuando la rueda delantera estaba justo en el aire vieron un misil volando más allá del avión. William vio el cohete estrellarse contra el hangar causando una enorme explosión. Rígido de miedo, mira a Richard y Sigrun, no parecía molestarlos tanto como él.

William gritó a los dos: "¡Qué te pasa! Sólo unos segundos más y estaría muerto ahora. ¿Y tú? Sigues como si nada hubiera pasado", se sienta en un asiento diferente, un poco más atrás y continúa: "Ya no quiero hacer esto. Quiero salir. No quiero tener nada que ver. Pensé que después de completar mis estudios haría un viaje contigo, celebraríamos y nos prepararíamos para la vida profesional. ¿Y ahora? Se supone que debo ser feliz si sobrevivo al día siguiente. Ya no quiero eso. No importa con quién tengas que contactar, no importa lo que tengas que hacer, si eres mis amigos entonces échame de aquí. He terminado con él."

Sigrun quería acercarse a él y llevarlo a sus sentidos, pero Richard le sostuvo el brazo y le dijo que le diera a William algo de tiempo.

Los dos se sentaron y continuaron coordinando el procedimiento en Internet y por teléfono con el centro de mando. Los guardias de seguridad revisaron su equipo y cargaron sus armas. Todo el mundo se estaba preparando para el siguiente paso, excepto William, que estaba sentado en la parte trasera del jet con una mirada vacía y sólo quería despertar del mal sueño.

La verdad era que todo acababa de empezar. Y todo el mundo lo sabía.

Menos de 90 minutos después, el avión aterrizó en Escocia en un aeródromo privado. Grandes aviones de pasajeros y aviones privados estaban alineados aquí. Sin embargo, aviones de combate y helicópteros también estaban allí, y todo estaba custodiado por las mismas personas que acompañaban a William, y todos llevaban este chaleco antibalas con la cruz en él. Era una base secreta, así que ninguno de los aviones tenía un identificador. "Algo grande está pasando aquí", pensó William, "algo de lo que el público no tiene ni idea".

Fue dirigido a una sala de reuniones en el centro de mando. Allí conoció a las unidades de Italia bajo la dirección de Rafael. Todos se sentaron allí con una expresión seria antes de que Raphael fuera al escritorio y continuara de hecho:

"El Libro de los Caballeros Templarios" ha sido abierto. A William ahora le quedan ocho días para averiguar el nombre que tiene que decir en voz alta y el lugar donde tiene que hacer esto e informarnos para que podamos llevarlo allí a tiempo.

Hemos entrenado todos los días de nuestras vidas y ahora ha ocurrido la emergencia. Nuestro trabajo es proteger a William, ayudarlo a leer las diez historias y sobrevivir estos diez días ileso.

El problema que ha surgido con la tecnología avanzada es que una vez abierto el libro emite una fuerte señal que se puede localizar con misiles guiados, como acaba de suceder en Islandia.

Para nosotros, esto significa que tan pronto como se haya leído una historia, tenemos que salir del área objetivo lo antes posible.

Llevaremos a William a un lugar diferente y seguro cada 24 horas. Le permitiremos leer su historia y lucharemos por nuestro mundo con él.

Tan pronto como William sepa a dónde ir, tan pronto como William tenga una pista, nos informará. E insto a todos en esta sala a seguir estas instrucciones sin dudarlo.

Se trata de nada menos que de nuestro mundo. Haz tu deber. Gracias."

Sin que casi nadie hable, el grupo alrededor de William regresa al aeródromo. Esta vez abordarás un A400M, un avión de carga militar que ha sido actualizado a un cuartel general volador. A diferencia de los militares, también hay pequeñas habitaciones aquí a las que puede retirarse. No conveniente, pero adaptado para el propósito. La máquina rueda inmediatamente sobre el asfalto e inesperadamente se eleva hacia el cielo con facilidad y agilidad. Ahora se trataba de proteger a William durante ocho días con sus vidas. Un vistazo a los rostros del protector es suficiente para saber que morirían por ello.

Un zumbido constante acompaña el vuelo y Richard y Sigrun se sientan a hablar con William.

"Oye, Billy", comienza Richard, "¿cómo estás?"

"¿Cómo se supone que voy a ser?", responde William, "ayer todavía era un joven despreocupado que se convirtió en médico y quería salir al gran mundo y hoy el destino de la tierra pesa sobre mí. ¿Cómo se supone que voy a ser?" Richard y Sigrun asintió con la cabeza de acuerdo: "Pero al menos los tres lograremos superar esto juntos", agregó Sigrun.

"No me malinterpretes", dijo Billy, "no me gustaría trabajar en este problema con nadie más. Te conozco toda mi vida. Todos nuestros recuerdos son recuerdos compartidos. ¿Y ahora? Ahora parece que nada era real; como si todo en lo que creía no fuera real. ¿Cómo sé lo que está bien y lo que está mal? ¿Y cómo debería descubrir quién escribió las historias?"

Richard pone su brazo sobre el hombro de William y lo consuela. "Las historias contienen todo lo que necesitas saber. Todo lo demás que tienes que armar en tu cabeza. Y si soy honesto, es lo mejor que le podría haber pasado a la humanidad que te dieran la tarea. No eres estúpido. Usted puede decir bien del mal y en la resolución de acertijos que sigue siendo el mejor. No William, tenemos suerte de que seas el elegido. Confiamos en ti al 100%. y todos en este avión y en Oxford confían en que encontrará la solución y nos salvará." Miraron profundamente a los ojos del otro, asintió con la cabeza y se sentaron en sus asientos.

Después de dormir unas horas, una voz llegó a través del altavoz: "Aterrizaremos en 15 minutos. Por favor, prepárense para ello."

Todos salieron de sus literas, los soldados se quedaron allí como un número uno y tenían ese orgullo en sus ojos que William todavía no podía averiguar. Los soldados son leales, pero era más: estos soldados morirían sin dudarlo mientras cumplían con su deber. "¿Quién hace algo así?" William pensó.

Momentos después aterrizaron. Cuando bajaron, un grupo de soldados se les acercó con el mismo uniforme que sus protectores. Le dijeron a Raphael que el cohete que golpeó la base en Islandia fue lanzado desde un barco y tuvimos que asumir que Luce tenía mucho más que ofrecer que sólo una variedad de estos barcos.

Fue un calor opresivo, que, a diferencia del frío de Islandia, fue acogido calurosamente. Desde la bandera de la base, se podía ver en qué país habían aterrizado y eso era Cuba.

Querías tener un lugar del que puedas desaparecer rápidamente en todas las direcciones y estar listo para la siguiente historia después de 24 horas.

En las próximas horas, hasta que apareciera la nueva historia, estarían preparados para empezar a volar de nuevo y elegir el siguiente lugar para un aterrizaje. William con el libro, y sus guardias, estaban sentados en la sala común cuando la luz brillante salió del libro y la nueva historia se hizo visible.

La alerta se dio de inmediato. Todos empacaron sus cosas y se dirigieron al avión para estar listos para despegar, lo que tendría lugar inmediatamente después de la lectura.

Rafael se quedó con cinco hombres frente al edificio donde William había abierto el libro y comenzó a leer la nueva historia, y el paciente revivió estos días como si estuviera sucediendo en este momento - para el paciente, las historias se hicieron realidad -

LEONARDO DA VINCI,

COLUMBUS Y MAGALLANES

... en 1476 después del Señor decidí invitar a uno de los hombres más importantes de nuestro tiempo a la ermita de San Bartolomé de Ucero en el Cañón del Río Lobos en Soria en España. Leonardo Da Vinci era un pintor que parecía ser un poco incierto sobre su camino futuro. Aunque tenía un gran potencial, tenía grandes dudas sobre si era suficiente para sobrevivir en el mundo.

El signor Da Vinci aceptó mi invitación y desde el momento en que nos conocimos por primera vez, estaba seguro de que tenía mucho más que ofrecer a este mundo de lo que sabía. En la ermita, estábamos a salvo de influencias y ataques externos. Si Luce nos ataca, los Caballeros Templarios, que estaban estacionados en lo alto de la iglesia en un círculo, es una posición ideal para protegerme.

Hablé con el Signor da Vinci durante mucho tiempo y cuando se abrió poco a poco, me di cuenta de que todavía tenía tanto planeado y estaba asustado por cualquier razón. Ya sea su habilidad y conocimiento, su edad, su trabajo, tenía dudas sobre todo y, por lo tanto, no podía explotar su potencial. Tuve tiempo antes de nuestra reunión para hablar con Uriel y los guardias y queríamos mostrarle a Leonardo lo que sería capaz de hacer si abría la mente.

Lo entregué a Uriel y Leonardo fue descuartizado en una cueva sobre la catedral. Espero poder alcanzar a este hombre y ayudarlo por el bien de la humanidad.

Al día siguiente comenzó el entrenamiento de Leonardo Da Vinci. Uriel y un Guardián le explicaron el diseño básico de la Tierra. ¿De dónde venimos? ¿Quién construyó qué? ¿Quién es responsable de qué?

Había muchas cosas que Leonardo tenía que saber para encontrar su camino de una vez por todas. Antes de empezar, me preguntó qué esperaba de esta conexión.

Simplemente y fácilmente le respondí que asumí que haría de este mundo un lugar mejor, que mostraría a la gente con dudas que cada individuo es capaz de crear y construir grandes cosas.

Y entonces tenía un deseo privado. Quería que me enseñara a pintar. Quería pintar tan bella y precisamente como él. Estuvo de acuerdo y comenzó la escuela de Leonardo Da Vinci.

Los guardianes llevaron a Leonardo y Uriel al signo del zodiaco Orión, donde todo se originó. Aquí es donde está su punto de partida y de donde va todo lo que la Federación Galáctica decide. Todo lo que ha estado sucediendo en la Tierra durante miles de años.

Después de esta lección, Leonardo no sabía si había estado soñando o si era una realidad. ¿Acaba de viajar por el espacio y el tiempo? ¿Cómo es posible? Leonardo hizo lo correcto que sólo la gente más inteligente haría en esta situación, se involucró.

Si tienes la oportunidad de ver el origen del mundo, la explicación de cómo funciona todo y las respuestas a por qué, quién, dónde y cuándo, entonces no seas tonto y te involucres. Leonardo tomó utensilios con los que pudo grabar lo que había sucedido y continuó. La siguiente lección fue un viaje en el tiempo. Leonardo fue llevado por el Guardian y Uriel para experimentar los acontecimientos alrededor del año cero. Se le permitió conocer y hablar con Juan el Bautista y Leonardo empapó toda la información. Juan el Bautista se paró frente a él y señaló hacia arriba con su mano derecha y dijo: "Esta es la constelación de Orión. Toda la vida viene de ahí. Nunca olvides a Leonardo, por favor." Escribió, escribió y escribió como si tuviera miedo de olvidar el más mínimo detalle.

Conoció a la Virgen María y a José, habló con los discípulos de Jesús y conoció a Mary Magdalena. Era hermosa y tenía mucho que decir. Apareció como la apóstola más importante y fue ella quien unió a las multitudes detrás de ella. Dondequiera que había que decir algo sobre el tema de Dios, María Magdalena estaba a la vanguardia. Su pelo rojo soplaba en el viento y olía a agua de rosas que parecía quitarte el aliento.

Leonardo estaba abrumado. Y dijo que quería pintarlo todo. Juan el Bautista, María y preferiblemente todos los apóstoles con Jesús y María Magdalena en una sola imagen mientras celebran o cenan.

Sus ideas le brotaron. Estaba feliz. Había llegado. Se dio cuenta de que las únicas limitaciones que se interponían en su camino eran las que creó. Por la noche, mientras comía, dijo que era el mejor día de su vida.   Y se podía ver en sus ojos.

Se volvió hacia mí y me dijo: "Te mostraré cómo pinto y a qué tienes que prestar atención, pero tienes que prometerme que puedo ser tu primer sujeto". Por supuesto, estuve de acuerdo, así que la noche terminó agradablemente. Desafortunadamente, no sabía lo que el mañana traería para él.

Al día siguiente, Leonardo Da Vinci entró en el futuro. Uriel y el guardia se lo llevaron y le mostraron la Segunda Guerra Mundial de 1939 a 1945. Le mostraron las armas que se estaban usando. Le mostraron los campamentos que se establecieron para deshacerse del pueblo judío, le mostraron las atrocidades que la gente estaba dispuesta a cometer para obtener más dinero y más poder.

Da Vinci regresó ese día como un hombre roto. Durante siete días y siete noches, no bajó a la iglesia y se encerró lejos de todos. No podía creerlo. Aún no sabía que aún no había visto la peor arma.

Fui a verlo y hablé con él durante mucho tiempo. Estaba devastado y ya quería rendirse, pero me creyó y siempre habrá lo contrario de todo lo malo y eso fue algo bueno.

Desde el día siguiente empezamos lentamente a mostrarle la arquitectura de varios milenios, se le mostró cómo funcionaba la hidráulica y para qué se podía usar. Le mostramos helicópteros y aviones, incluso quería saber y entender todo sobre botánica. Quería entender todo lo que veía, y no dejó de escribir. Él estaba en su elemento y fue una experiencia ver a este hombre usar su potencial.

Después de casi dos años llegó el momento y se acercó a mí y me dijo que era hora de volver a casa. Tiene su tiempo, su familia, sus amigos y sus obligaciones están esperando allí. Y si alguna vez escriben sobre Leonardo Da Vinci, es de la época en que había vivido.

Antes de irse, sin embargo, todavía estaría a mi disposición para mi retrato. He tenido lecciones de uno de los mejores pintores de todos los tiempos durante dos años y ahora tuve que demostrar que había escuchado, prestado atención y aprendido. Y no quería decepcionar a Leonardo da Vinci.

Me tomó dos meses para el retrato de Leonardo da Vinci. Lo miró y me dijo que no podría haberlo hecho mejor él mismo. Me agradeció toda la información, todo el conocimiento y la confianza que le habíamos puesto. Me agradeció por la amistad y por el cuadro que pinté de él como su amigo. Como muestra de su gratitud, lo firmó a su manera en la parte posterior del marco. Esculpió lo siguiente:

PINXET MEA (él mismo me pintó)

Desafortunadamente, la imagen se perdió con el tiempo.

En 1491, después del Señor, el navegante español Cristóbal Colón se unió a la Orden de Cristo. Debido a que navegó oficialmente bajo la bandera española, tuvimos que actuar en secreto y resultó que había recibido el dinero para el viaje de amigos. También lo entrenamos para usar la nave y lo enviamos en una ruta marítima occidental para encontrar la India.

Lo que Cristóbal Colón encontró fue mucho más grande de lo que soñamos. Un nuevo país y gente nueva que se ganará por la palabra de Dios y el orden de caballeros.

En 1497, después del Señor, le di a nuestro hermano Vasco Da Gama la orden de que la Orden encontrara la tierra de las especias y, en el nombre de la Orden de Cristo, comenzara a comerciar con la tierra que llamaste India.

En 1519, después del Señor, enviamos a nuestro hermano Fernando Magallanes a explorar el nuevo país del sur.

Ahora teníamos 450 bases en dos tercios del mundo.

A partir del siglo XVI perfeccionamos la banca, el comercio y el gobierno.

Nadie era consciente de que la Orden de Cristo ha estado representada en todos los bancos, en todos los países y en todos los gobiernos desde entonces.

A partir de ahora, tuvimos que tratar de usar nuestro conocimiento y tesoro tan sabiamente para guiar a todas las personas hacia un futuro pacífico bajo un solo Dios.

Hubo menos de 400 años hasta la segunda renovación en 2033 después del Señor.

... William cerró el libro y lo empacó en su mochila. Corrió tan rápido como pudo. Cuando abrió la puerta, se dio cuenta de que el infierno había estallado frente a ella. Corrió para llegar a Raphael, que estaba buscando cobertura detrás de un coche a pocos metros de distancia cuando fue soplado por el aire por una explosión en un arco alto y arrojado de nuevo contra el edificio. Inmediatamente se desmayó.

Rafael y sus hombres saltaron de la cubierta y hacia William, uno de los cuales fue asesinado a tiros y otro herido. Sin embargo, con la ayuda de Rafael, recogió el cuerpo de William y lo llevaron al coche, se sentaron y condujeron hacia los demás. El edificio detrás de ellos donde William había leído el libro explotó y su coche estaba casi bajo fuego constante. Raphael gritó en la radio que el avión debía rodar y que debían dejar la puerta de carga abierta.

El enorme avión de carga comenzó a moverse, y Raphael se puso detrás de él. Se acercó cada vez más a la escotilla de carga y condujo rápidamente y de manera controlada en la bodega.   Al fondo, uno de los hombres de Rafael gritó a la radio: "¡Cierra la bodega y despega inmediatamente! Se dieron cuenta del tirón que hizo el avión cuando los pilotos se aceleraron y despegaron aproximadamente.

"Atención, atención", llegaron a través de los altavoces, "un misil antiaéreo nos ha apuntado. Agárrate fuerte." Hubo un pitido que se hizo cada vez más fuerte.   Señuelos disparó desde el avión y un momento después el cohete se estrelló contra él y explotó muy cerca del avión. El avión fue sacudido enormemente. Un par de hombres se cayeron.   Inmediatamente después Richard y

Sigrun saltaron a William, que todavía estaba inconsciente en el coche de Rafael. Lo sacaron y lo llevaron a la sala de tratamiento.

Además de varios soldados heridos, William que había sufrido un traumatismo craneoencefálico fue tratado. El médico ordenó que se detuviera el sangrado, y que se tomaran radiografías inmediatamente para descartar cualquier posibilidad de sangrado en el cerebro. Le pidió a Richard, Sigrun y a todos los que no estaban involucrados que abandonaran la habitación.

Después de lo que parecía ser una eternidad, el médico salió y se sentó a la mesa en la sala común con los demás. "Tuvo suerte", dijo el médico y continuó, "no tiene sangrado interno. Pero tiene una ligera conmoción cerebral, lo que le dará un gran dolor de cabeza. Lo he inmovilizado, y dormirá un buen rato. Esto es lo mejor que puede hacer ahora para recuperar rápidamente su fuerza", se levantó el médico y se fue.

Raphael ordenó a los hombres refrescarse y descansar un poco. Richard y Sigrun fueron a William y se sentaron junto a su cama.

Sigrun dijo en voz baja: "Pobre William. Como si no hubiera pasado por suficiente", y miró a Richard.

Este último respondió: "Espero que pueda superar esto. Cualquier persona normal colapsaría bajo esta presión. Yo también estoy preocupado." Se levantó, fue a Sigrun y la abrazó antes de que ambos se sentaran en silencio junto a la cama de William y escucharan su respiración constante.

Raphael fue al centro de radio y se conectó con Michael en Oxford. Cuando estaba en la radio, Raphael comenzó: "William está herido. Sufrió un traumatismo craneoencefálico por una explosión, pero volverá. No tiene sangrado interno y el médico le dio algo para dormir." Michael respondió: "Cuida de este chico. Sin él, el mundo nunca será el mismo. ¿Cómo se enteraron? ¿Te aferraste a todo lo acordado? "Raphael respondió", no lo sé. William tardó más tiempo esta vez y este factor casi le cuesta la vida. Tenemos que hacer mejores arreglos. Ahora estamos en el aire durante 23 horas, cubriendo la mayor distancia posible. Nos dejamos repostar en el aire y sólo aterrizamos poco antes de que aparezca una nueva historia. Guardaré silencio por radio y sólo lo romperé en situaciones de emergencia extrema.   Una y una vez."

Michael se acercó al grupo reunido en Oxford y explicó que estaban transfiriendo al paciente a un avión del hospital que permanecería en el aire todo el tiempo. Por un lado, esto debería hacer más difícil para Luce encontrarlo, y, por otro lado, podrían ser más rápidos en el lugar donde William los llamaría en el décimo día. Todos se prepararon inmediatamente a sí mismos y al paciente para ello. Un equipo bien ensayado, como una sinfonía, combinó ser como uno solo.

Cada uno complementaba al otro y nadie tenía la menor duda de que el bienestar del paciente determinaría el futuro de la Tierra.

Michael se acercó al profesor y le dijo: "William ha sido herido, pero según las circunstancias, está bien. Te necesito al 100% con el paciente. Necesito todas tus habilidades aquí y ahora. Cuidamos de William y sabes que nadie sería más adecuado para esto que nosotros",

El profesor lo mira y responde", he puesto toda mi vida, todas mis habilidades y conocimientos en servir a este hombre. Nunca ha habido nada más importante para nosotros que la vida de este hombre y eso no cambiará ahora que nos necesita más. Mi esposa viene al aeropuerto. Ella me ayudará." Pone su brazo en el hombro de Michael.

"No estoy preocupado porque los mejores hombres con fe y batalla se unen", dijo el profesor, luego se dio la vuelta y continuó preparándose para el paciente para el transporte.

"Los coches están ahí", escucha al secretario de fondo. "Podemos irnos", continúa mientras también se prepara para acompañar al paciente en su viaje. El profesor asiente con la cabeza y mira a su alrededor de nuevo, mira a todos a los ojos y lo que ve es un sacrificio completo para el paciente. Nadie dudaría aquí en pasar por el infierno por el paciente.

Empezaron a moverse y justo al lado de la puerta un puro infierno se pierde. Una explosión tras otra. Los disparos arremeten alrededor de tus oídos, un ruido ensordecedor. Los hombres fueron golpeados. La secretaria corrió junto al paciente y disparó a una revista tras otra. Dos helicópteros se bajaron lo más cerca posible frente al convoy y dispararon sus armas de sonido apagado en dirección a los asaltantes. También dispararon varios cohetes, asegurando así que el paciente llegó al convoy y pudo ser cargado. El convoy se fue con explosiones y disparos. Fueron seguidos en el camino a través de Oxford. Una bazuca fue disparada desde un techo contra el convoy, lo que provocó que el último coche explotara con un fuerte golpe cuando chocó. El resto del convoy disparó bajo la protección de los helicópteros de combate en dirección al aeropuerto privado donde esperaba el avión hospitalario.

Los helicópteros sacaron a un perseguidor tras otro y poco antes del aeropuerto secreto el ataque se evitó. Allí se encontraban con la Sra. Carmichael, que llevaba un chaleco antibalas, en la rampa de carga del avión.

Condujeron el convoy hasta la rampa y saltaron de los vehículos.

"Rápido, rápido, rápido", escuchó a Michael llamar, "todos en el avión inmediatamente".

Agarraron al paciente, y todos saltaron al avión, que se enrolló y despegó tan pronto como tenía la velocidad necesaria. El profesor y la señora Carmichael se abrazaron e inmediatamente preguntó: "¿Está William bien?"

Él la miró y respondió: "Conoces a nuestro William. Lo está haciendo bien de acuerdo con las circunstancias. Sólo desearía que usara todas sus habilidades más rápido y entendiera a dónde quiere llevarlo el libro. "La señora Carmichael lo miró y respondió: "Si alguien puede hacerlo, es nuestro William. Le hemos enseñado todo lo que necesita saber y poder hacer. Ahora depende de él." Se volvió y se puso un vestido de médico para ayudar al profesor.

Michael se puso en contacto con el piloto y le dijo que a partir de ahora se quedarían en el aire hasta que William le dijera a dónde ir.

El piloto debe organizar todos los pasos necesarios.

El avión del hospital fue acompañado por varios aviones. Ninguna de estas aeronaves tenía identificación y ninguna de estas aeronaves podía ser localizada.

En un búnker lejos de William o del paciente, Luce estaba sentada en su silla de mando frente a una enorme placa digital en la que se representaba el mundo y en la que brillaban diferentes puntos rojos colosos. Estaba molesto por la última derrota de sus hombres. Los reprendió por ser incapaz de sabotearlo. Convocó a su comandante y le dijo con una voz profunda y amenazante inconfundiblemente: "Has fracasado de nuevo. Sabíamos dónde estaba el chico, y sabíamos que Michael estaba con su equipo en Oxford. Tenemos todo el dinero del mundo, tenemos el mejor equipo. ¿Dime cómo esto podría salir tan mal?"

El comandante estaba a punto de responder cuando Luce levantó su mano derecha y la apretó en un puño. Al mismo tiempo, se notó cómo el comandante no podía respirar.

La firme Luce apretó el puño, menos aire tenía el comandante. Luce gritó: "¡Odio el fracaso!" Su puño estaba doblado 90 grados a la derecha y se rompió el cuello del comandante. Su cuerpo se hundió y cayó al suelo.

"Encuentra los dos aviones. No pueden desaparecer en el aire", dijo Luce ante las caras congeladas de su equipo, "o seguirás al comandante. Sólo nos quedan siete días para acabar con este mundo y no dejaré que idiotas incompetentes me quiten eso".

William se despertó lentamente. Un poco borroso vio a Richard sentado en una silla junto a su cama y roncando y en el otro lado, Sigrun se sentó sonriendo a él. Un dolor punzante se extendió en su cabeza. Sigrun se inclinó y explicó que tenía una conmoción cerebral y durmió la mayor parte del día. Llamó al doctor, que luego examinó a William.

El médico le dijo que tratara de descansar, pero suponiendo que sería cualquier cosa menos silencio en los próximos días, le dio medicamentos lo suficientemente fuertes como para adormecer a un elefante.

De la mochila que estaba en una cómoda junto a la cama de Williams, la luz resplandecida reapareció, lo que significaba que se había escrito una nueva historia y tenían que encontrar un lugar para leerla con seguridad.

Sigrun llamó por radio a Raphael: "Es hora. Tenemos que aterrizar." Raphael sabía lo que quería decir y le dio al piloto la orden de aterrizar en una base determinada.

El piloto entró inmediatamente en el nuevo curso y una hora más tarde se acercaban a un aeropuerto secreto cerca de la ciudad de Astana en Kazajistán. Raphael vino a William que estaba listo y esperando para empezar.

"Nadie conoce esta base, lo que nos da algo de tiempo. Además, estamos rodeados de tanta tierra en todos los lados que los barcos Luce tendrán dificultades para atacar y reaccionar. Irás al búnker número uno. Desafortunadamente, no hay nada que pueda suprimir la señal del libro, así que les pido que no pierdan tiempo después de leer y que sumen inmediatamente. Te protegeremos." William lo miró y respondió con nueva independencia: "Todo el mundo hace lo que tiene que hacer y cada uno hace lo mejor que puede". Luego se fue y se dirigió al búnker. Como de costumbre, Raphael se colocó frente al búnker, pero esta vez con muchos más hombres.

William se sentó, abrió el libro y comenzó a leer.

TOMAR

... los Caballeros Templarios fueron oficialmente disueltos. La orden ya no existía en público. Afortunadamente, la mayoría de mis caballeros han llegado a nuestra nueva casa Port-U-Grail.

El rey Dionisio prometió proteger a los caballeros y apoyar el surgimiento de los caballeros como potencia mundial. Para no actuar demasiado obviamente contra el Papa, el rey cambió el nombre de Port-U-Grail a Portugal. Esto fue específicamente para proteger a mis caballeros y a mí.

Ya en 1318, el rey solicitó la aprobación del Papa para el establecimiento de un nuevo orden de caballeros. Y ya el día 14 en el tercer mes de 1319 después del Señor, se fundó la Orden de los Caballeros de Nuestro Señor Jesucristo.

Los Caballeros Templarios eran ahora los caballeros de Cristo. No cambió nuestras creencias y nuestras reglas religiosas. Sólo unos años más tarde, todas las posesiones de los Caballeros Templarios pasaron oficialmente a la Orden de Cristo. Estábamos en casa.

Tomar y su muro protector, que consistía en diez castillos, estaban listos. Ahora pudimos acercar nuestro conocimiento del sistema bancario y el conocimiento de nuestro tesoro al mundo y acercar la palabra de Dios y los valores de los caballeros al mayor número posible de personas.

En el siglo XIV después del Señor, mis caballeros y partes del tesoro partieron hacia el país llamado Suiza. A partir de ahí queríamos construir y gestionar nuestro sistema bancario de forma centralizada.

Envié más caballeros a Gran Bretaña y Escocia. Estos tenían la tarea de honrar a nuestros caballeros, construir iglesias y proteger nuestro tesoro.

La ubicación en Escocia justo al otro junto al océano era de suma importancia para nuestra gente de mar en el norte.

Entrenamos a la gente de mar para conquistar el mundo por nosotros. En ese momento, el tesoro de Salomón incluía los mapas de los antiguos egipcios y babilonios, así como el astrolabio.

Había llegado el momento a principios del siglo XV.

En 1420, después del Señor, le pedí a nuestro fraile, Heinrich, el navegante, que viniera a nuestra iglesia Santa María De Ohival en Tomar para informarle que había llegado su momento de dar el siguiente paso en nombre de la Orden de los Caballeros de Cristo. A Heinrich se le pidió que fuera al sur y explorara África por nosotros.

Tuve que construir Santa María De Ohival y quería ayudar a los caballeros. Deberían ver que todos somos uno y ninguno fue mejor o peor que el otro. Mis manos sangraban por el trabajo y el agotamiento, pero mi corazón palpitaba de alegría por el establecimiento de nuestra Santa María De Ohival que nos recuerda al olivar de Jerusalén.

Las manos del paciente de repente se volvieron maltratadas y ensangrentadas. Llamaron al profesor para ver esto. Le preguntó a Michael cómo podrían ocurrir tales abrasiones y sangrado. Como no se trataba de heridas de arma de fuego, miró más de cerca sus manos y brazos.

El paciente de repente tenía abrasiones en los brazos y todo el cuerpo como si hubiera trabajado en una mina. Tenía ampollas, córneas, abrasiones y sangrado. Este hombre debe haber trabajado duro durante semanas y meses. El Profesor y la Sra. Carmichael se encargaron de las heridas y las vendaron. También pusieron un nuevo vendaje alrededor del hombro lesionado. Las lesiones todavía estaban dentro de los límites, pero nadie puede sobrevivir demasiado a la vez.

William dobló el libro y lo escondió en su mochila. Salió del búnker y miró a Raphael: "Vamos", le dijo y se dirigieron en formación al avión, que los estaba esperando con los motores en marcha. Saltaron, la escotilla se cerró y el avión se metió en el cielo.

¿Sin explosiones?

La voz del capitán salió del altavoz: "El búnker fue destruido, y tengo varios objetos voladores que se acercan rápidamente al radar".

Aunque habían apagado su ubicación, era difícil esconder un avión gigante con sus aviones acompañantes.

Había suficientes personas que estaban felices de ganar unas cuantas tenges. Con un salario medio mensual de 108 euros, casi todos los kazajos estaban dispuestos a traicionarnos. Y Luce y sus hombres sabían dónde estábamos desde el principio. Base secreta o no, una vez que la gente se muere de hambre, ya no hay ningún secreto seguro.

Raphael habló con el capitán sobre la estrategia que querían tomar para escapar de los perseguidores. Luego vino a William para decirle que habían comenzado a tiempo para escapar del rastreo de los perseguidores. Sin embargo, esto se debe sólo a la ubicación de la base, en la siguiente parada, todo comienza de nuevo.

William agradeció la información, pero parecía cambiar después de esta parada. Ya no era el niño asustado, estaba decidido y listo para hacer su parte para asegurar la supervivencia de la Tierra. Estaba listo para luchar por su vida y la de las personas que amaba y que significaba algo para él. ¡Ese era el William, el profesor y la señora Carmichael estaban esperando!

William le dijo a Raphael: "Necesito una computadora con una señal fuerte, una carta de volteo y luego me gustaría llamar al Profesor brevemente si esto es posible". Raphael lo mira con sorpresa y luego responde con deleite que se encargaría de ello. La línea hacia el Profesor podría ser problemática debido al blindaje, pero se pondrá en contacto con su hermano y verá lo que se puede hacer.

William llamó a Richard y Sigrun a la sala de conferencias que había convertido en su cuartel general. Volvió a preguntar a los dos sobre las reglas: "Richard, dijiste que no debía pedirte consejo. ¿Eso también significa que no puedo decirte en qué estoy trabajando o qué pienso?"

Richard miró a Sigrun y sonrió. A continuación, respondió: "No podemos darte pistas y no podemos decirte si tu pensamiento es correcto o incorrecto. Sin embargo, no hay ninguna regla en contra de que nos digas lo que piensas y lo que vas a hacer. Estamos allí para su protección y si nuestra presencia le ayuda, estamos felices de estar allí para usted."

"Ok", dijo William, "entonces continuaré, y tú sólo miras." Continuó y fue a su rotafolio. Tomó la pluma y escribió la pista de la primera historia en la pizarra.

-VALIENTE THOR-

Abrió su computadora e introdujo el nombre. Aparecieron informes de un alienígena que había aterrizado en la Tierra para llevar a la gente a un acuerdo en la confusión atómica y persuadirlos de destruir la bomba atómica.

Miró a Richard y Sigrun y se rio. Sin embargo, ninguno de ellos se rio de nuevo, lo que le hizo preguntarse. ¿Debería ser cierta esta historia? ¿Y qué tiene que ver la persona con cuyo nombre debe averiguar?

Necesitaba más información, pero no podía volver a mirar el libro porque enviaría una señal. Continuó trabajando en el rompecabezas. La segunda historia fue sobre otro hombre, así que escribió su nombre en la pizarra.

-BERENGER SAUNIER-

También escribió este nombre en su computadora y apareció una historia sobre un pastor que se dice que encontró el tesoro de los Caballeros Templarios. William se sorprendió, al mismo tiempo que estaba en una pérdida.

En la tercera historia, había varios nombres, el más importante era probablemente **LEONARDO DA VINCI,** del que William, por supuesto, ya había oído. Sabía que Da Vinci era un pintor de Italia. A esto se sumó **COLUMBUS** y todos los niños sabían que había descubierto América. ¿No debería ser verdad algo? Y luego **VASCO DA GAMA** y **MAGALLANES,** que al igual que Colón eran gente de mar y exploradores famosos.

¿Pero dónde estaba la conexión entre esta gente? Algunas de las personas vivieron en diferentes siglos, así que cómo debería haber conocido a toda esta gente. Era imposible.

No era estúpido y podía distinguir entre imposible y esto era simplemente imposible.

Tal vez la ciudad de **TOMAR** le ayudaría y arrojaría algo de luz sobre el misterio.

Entró **en TOMAR** y hubo una avalancha de información sobre la Ciudad de los Caballeros Templarios, el Convento de Cristo que era un monasterio de Cristo. Toda la información de **TOMAR** era sobre los Caballeros Templarios, Jesucristo y el Santo Grial.

"Dios mío", le disparó en la cabeza a William. ¿Podría ser tan fácil? ¿Es este el rompecabezas centenario sobre el tesoro de los Caballeros Templarios? ¿Y qué tuvo que ver la persona de las historias con ella? ¿Qué papel jugó esta persona en la historia sobre el tesoro?

Las preguntas se dispararon a través de la mente de William, pero simplemente no tenía respuestas. Tuvo que mirar las historias de nuevo y escribir los hechos. Entonces podría ponerlo uno al lado del otro y compararlo. Tal vez vería lo que necesitaba saber, tal vez vería la solución al enigma y salvaría al mundo. William estaba eufórico y se fue a Rafael.

Richard y Sigrun se quedaron atrás. Sigrun dijo: "Todavía le falta tanta información y con lo que tiene hasta ahora no puede ir más allá. No quiero que pierda la energía con la que está trabajando en el rompecabezas". Ella miró a Richard con preocupación, quien respondió: "No olvides que ese es Billy. El Billy que resolvió todos nuestros rompecabezas con ligereza, para quien los crucigramas fueron una distracción en el descanso de cinco minutos, el tipo de pensamiento de William es único. Creo en él y creo que el enfoque era correcto. Creo que es increíble verlo. Estoy feliz de que finalmente se despertó y es el William que necesitamos ahora.

William le dijo a Rafael que tenía que cambiar el plan para poder investigar "El Libro de los Caballeros Templarios" para obtener más información. Raphael consideró que el plan era demasiado arriesgado, pero cumplió.

Raphael vino a William y le dijo que iban a volar un curso en la dirección opuesta, entonces William tendría menos de un minuto para obtener la información del libro antes de que regresaran inmediatamente.

William escribió qué información necesitaba específicamente. Lo que sabía es que las historias estaban escritas como si la persona hubiera experimentado todo esto. Tuvo que tratar de encontrar conexiones. Para ver algo que no había notado la primera vez que leyó.

Raphael le dijo a William que quería que hiciera esto durante el vuelo. Como Luce no esperaba que abriera el libro, esperamos que no tenga tiempo para localizarnos, además, volará inmediatamente en la dirección opuesta. No puede localizarnos, sólo puede adivinar en qué dirección volamos desde allí.

Mientras William se preparaba, Rafael reitera que debe permanecer menos de un minuto. Cuenta para abajo: "¡Tres, dos, uno, y vete!"

William abre Valiant Thor y escribe 1960 detrás de él. A Berenger Saunier y la nota de 1900.

"Otros 30 segundos", oye decir a Raphael.

Al otro lado de la Tierra, los soldados de Luce saltan de un lado a otro frente al mapa digital. Un comandante grita a los demás que se apresuren para que no haya otra oportunidad. Alinean su señal y el área de búsqueda y la determinación de la posición de vuelo de William y el libro están al alcance de la mano cada segundo. "Otros segundos", escuchan al comandante.

William oye a Raphael contar hacia abajo, pero no hay suficiente tiempo para nada.   Escribe **Da Vinci 1476, Columbus 1491, Da Gama 1497.** "Diez segundos!" Raphael grita "nueve, ocho, siete..." William señala **Magallanes 1519."** Tres, dos, ..."

William cierra el libro. Justo a tiempo.

"Los perdimos", dice un técnico del comandante en el búnker central de Luce.   El comandante mira incrédulamente a sus técnicos.

"Era demasiado corto. Sólo podemos decir que estaban en algún lugar sobre el Océano Atlántico", responde un técnico, "Determinamos desde aquí hasta dónde pueden llegar antes de que tengan que abrir el libro de nuevo. Con eso, al menos podemos limitar el radio."

Sabían que esto era una ventaja para ellos. Una nueva historia aparece cada 24 horas que necesita ser leída. Hasta ahora has tenido 24 horas para esconderte. Ahora no les quedaban ocho horas. Durante ese tiempo, sólo podían llegar a un cierto número de aeropuertos desde donde estaban. Los hombres de Luce sintieron su oportunidad.

William parece decepcionado con Raphael: "Fue demasiado corto". Sin embargo, Rafael no aceptó esto: "Acabamos de arriesgar nuestras vidas para ayudarle a llevar a cabo su tarea. Si estamos listos para dar 100% entonces usted tiene que hacer eso también. Toma la información y úsalo sabiamente. "

William fue a su carta de volteo y agregó las fechas a los nombres, se sentó en la computadora y leyó tanto como sea posible sobre la gente, los lugares y las fechas. Sin embargo, todavía no veía manera de identificar a la persona que era el foco de estas historias. Finalmente, se alojos.

Unas horas más tarde, todos se habían despertado de nuevo. Desayunaban juntos y todos estaban al día con la información. Desafortunadamente, William no podía reportar nada nuevo, pero no estaba desanimado, sólo quería trabajar más duro en ello.

Se retiró a la sala de conferencias con sus amigos. Creó muchas teorías y rápidamente las rechazó. Richard y Sigrun quedaron impresionados por William, aunque algunas de sus teorías eran más que extrañas.

De repente apareció el resplandor del libro y apareció la nueva historia. Notificaron a Raphael, quien ordenó los siguientes pasos.

30 minutos después, toda la plantilla aterrizó en la misma base en la que se encontraban ayer, el Astana de Kazajistán.

Raphael hizo que el escuadrón se dará la vuelta y voló de nuevo. No sólo fue impresionante, sino también tan confuso para los hombres de Luce que tienen suficiente tiempo para leer la historia de nuevo hoy.

William corre hacia un edificio que todavía estaba en pie después del ataque de ayer. Se sentó y abre el libro y comienza a leer.

ESCAPAR DE AKKO

1291 DESPUÉS DE JEHOVÁ

... Estuvimos a salvo en Akko durante cien años. La gente construyó la ciudad con nosotros, el comercio floreció y no había hambre. Cualquiera necesitado sabía que podía venir a mis caballeros y que los ayudarían en mi nombre.

Teníamos cien años para prepararnos en Akko. Para nuestra seguridad y no visible para el público, hemos creado caminos bajo la ciudad que podríamos usar en caso de un ataque. Las cuevas bajo la ciudad eran más largas que las vías públicas y las calles.

También construimos barcos que eran más rápidos que el viento con el que empezamos a distribuir nuestros tesoros a nuestros castillos. Un día Port-U-Grail estaría listo y luego queríamos estar preparados.

Envié a nuestros arquitectos a asegurar nuestra ruta de escape. Nuestros castillos estarían listos en unos años. Para entonces queríamos utilizar los castillos existentes de caballería en España y Francia.

Poco a poco tenía todos los tesoros y todos los objetos valiosos distribuidos en nuestra tierra en los dos países.

En 1291 había llegado el momento. Luce había hecho causa común con los Mamelukes. Había logrado convencer a los salvajes de invadir una ciudad custodiada por caballeros porque el oro y las joyas los estarían esperando allí.

100.000 Mamelukes se enfrentaron a Akko y el gran número de combatientes nos hizo imposible mantener a Akko. Decidimos retirarnos.

Abordamos los barcos con el tesoro más importante de los pobres caballeros de Jerusalén y zarpamos antes de que los asaltantes pudieran hacernos daño.

Desde Akko, fuimos a Chipre, donde tomamos provisiones, y a Francia. Donde empezó todo.

Éramos los caballeros más ricos y ayudamos al pueblo, así como a los reyes y papas. Prestamos dinero y continuamos expandiéndonos con los intereses ganados. Y si nuestro país lo estuviera haciendo bien, entonces también estaríamos bien.

Alrededor de 1300 recibimos noticias aterradoras de nuestros caballeros de que el Papa quería actuar contra el título de caballero. Éramos los caballeros de Dios y sabíamos cómo lidiar con esta información. Sin embargo, fue el Papa. ¿Cómo podría sereso?

¿El representante de Dios en la Tierra señaló su espada contra los caballeros de Dios? ¿por qué? Fue la codicia y la envidia que el Papa Clemente V tuvo contra los Caballeros Templarios.

Tuvimos éxito y pudimos manejar el dinero. Nuestra propiedad, nuestros propietarios y nuestro poder crecieron día a día y año tras año. El Papa, en cambio, tenía deudas muy grandes con nosotros y no quería pagarlas. No vio el esfuerzo de devolver el dinero prestado porque era el jefe de la iglesia y tenía que ser la medida de todas las cosas.

Ordené tantos caballeros como fuera posible en nuestras comandancias a España sin levantar sospechas. Teníamos nuestros tesoros, que habíamos almacenado en Francia, traídos a España. En Francia, sólo queda la tripulación regular para operar las comandancias.

Desafortunadamente, el Papa no se dio cuenta y así sucedió que el viernes 13 en el décimo mes de 1307 se ordenó detener a todos los Caballeros Templarios sólo para acusarlos de inventados hechos.

De los 3000 Caballeros Templarios restantes, 600 caballeros no pudieron huir y fueron arrestados y torturados. Fueron acusados de herejía y sodomía y torturados hasta que fueron dolorosamente admitidos en todo lo que se les atribuyó.

El último gran maestro en París fue Jaques de Molay. Permaneció con los últimos caballeros y fue capturado. Fue torturado durante años y obligado a confesar haber adorado a Baphomet.

Estaba orgulloso de este caballero. Había soportado el calvario durante años, pero en algún momento, todo ser humano se romperá.

Jaques de Molay fue ejecutado en 1314. Tuve que presentarle mis últimos respetos y así me vestí con un puñado de caballeros y asistí a la ejecución de mi último gran maestro en Chateau Gisors.

Lo vi cuando lo llevaron a la hoguera. Antes era un caballero orgulloso y noble y ahora un hombre roto y maltratado con las cicatrices de la tortura por todo su cuerpo. Con la capa destrozada que llevaba durante el título de caballero, lo arrastraron detrás de ellos y lo ataron.

Cuando me vio entre la multitud, había destellos en sus ojos y vi que estaba listo para enfrentarse a su Creador. Cuando las llamas ardieron, levantó la voz y gritó en voz alta,

"Non nobis domine, non nobis, ¡sed nomini tuo da gloriam! "

Esto se dirigió a mí y al mismo tiempo, mostró a sus verdugos que no lo habían roto.

"No nosotros, oh Señor, no nosotros, sino dar su nombre honor", fueron sus últimas palabras. Un caballero de la cabeza a los dedos del pie hasta la muerte.

Los guardias no se perdieron el hecho de que él me había mirado y así se formó un pequeño grupo que se acercó a nosotros. Nos rodearon y quisieron atraernos a la trampa. Mis caballeros vieron a través de esto e iniciaron el retiro. Con los mejores caballeros para mi protección, partimos. Cada uno de estos hombres estaba listo para dar su vida por mí. Estos hombres lucharon sin miedo por orgullo. Los caballeros de Dios hasta la muerte. Una flecha enemiga me disparó en el muslo y perdí mi postura. Incluso si pudiera sacar la flecha y la herida se cerrará, esto permitiría a los asaltantes rodearnos y atacarnos.

Michael se inclinó sobre mí y extendió sus alas y con brillantes rayos divinos y ráfagas de viento los asaltantes fueron derrotados, y pudimos retirarnos con éxito. Los caballeros sufrieron algunas lesiones, pero ninguno se quejó, pero se mantuvo a mi lado hasta el último suspiro.

España era nuestro destino y di la orden de reunirme con los líderes del Santísimo Sacramento. Un lugar que sólo los miembros más altos de la orden sabrían y donde la divinidad está en casa.

La información de ubicación, nuestros enemigos no se les permitió saber, ni localizar.

Esta vez fue Tomar -Toledo -Carnavaca-Culla - Monzón - Ponferrada

Ni siquiera nuestros simples caballeros sabían leer este código. Sucedió que los más altos miembros de la orden se reunieron conmigo en la ermita de San Juan. Bartolomé de Ucero en el Cañón del Río Lobos en Soria en España.

Nos unimos para decidir cómo procederíamos. Desde que el Papa presionó al rey español y le pidió que nos arrestara y nos matara en España, decidimos a partir de ahora ir a nuestro país, que llevamos más de 100 años preparándonos.

Fuimos a Tomar.

Estábamos en casa.

El santo grial estaba en el puerto de grials.

Finalmente estuvimos en Port-U-Grail.

PORT - U - GRAL

El secretario llamó en voz alta al Profesor. "¡Su muslo, rápidamente!" El profesor y la señora Carmichael entraron en la sala de tratamiento con el resto de la tripulación." Dios mío - dijo el profesor - "eso parece una bala suave. Una flecha o una ballesta. Se rompió el músculo. Tenemos que atar las arterias y controlar el sangrado lo antes posible". Después de varias horas de cirugía, el profesor salió a informar a Michael. "Perdió mucha sangre e incluso si reaccionamos inmediatamente, se está debilitando y debilitando. No sé cuánto más puede tomar." El profesor salió y Michael se quedó preocupado.

Fue al paciente y le susurró: "Hemos superado siglos juntos y no dejaré que termine aquí". Se levantó y se fue.

William cerró el libro, lo empacó en su mochila, y saltó de la casa y hacia el avión a toda velocidad. Un todoterreno les disparó por detrás. Raphael habló tranquilamente en su radio y momentos después apareció uno de sus aviones de escolta y disparó un cohete contra el vehículo, que desapareció en una explosión.

Saltaron al avión y despegaron a un ritmo rápido. "No hay cohetes a la vista", sonaron desde los altavoces "parece que su plan funcionó Raphael".

William llevó a Richard y Sigrun de vuelta a la sala de conferencias. Quería añadir las nuevas pruebas inmediatamente.

Escape de Akko 1291 escribió en la pizarra y luego entró en la computadora, e inmediatamente apareció la historia sobre los Caballeros Templarios cercados por los Mamelukes en Akko, y la fuga que resultó de ella apareció. **Jaques de Molay y 1314** fue otro nombre y año que William tenía en mente y cuando entró en él, mostró el informe de la traición y aniquilación de los caballeros templarios y la ejecución de su último gran maestro Jaques de Molay.

William clasificó su información:

Valiente Thor 1960

Berenger Saunier 1900

Fernando Magallanes 1519

Vasco Da Gama 1497

Cristóbal Colón 1491

1467 Leonardo Da Vinci

Tomar 1420

Jaques De Molay 1314

Akko 1291

"Simplemente no entiendo. ¿Qué me estoy perdiendo? ¿Qué persona o ser podría haber estado en el lugar para todos estos eventos? No tiene sentido." Se dirige a sus amigos y continúa: "¿Y por qué no pueden ayudarme los dos?"

Richard trató de responder a la pregunta de William: "El libro de los Caballeros Templarios no estaba destinado a que lo encontraras y lo abrieras. El libro ha existido durante miles de años y nunca ha sido abierto por nadie más que su dueño para escribir sus historias. No estaba destinado a que tuvieras tus manos en el libro y lo abrieras. No se nos permite ayudarte porque te llevaría al dueño y violaríamos las reglas de la Federación, que vendrían como si no hubieras cumplido tu tarea, es decir, 1000 años de oscuridad en la Tierra".

Federación, oscuridad en la Tierra que no tiene todo menos sentido, pensó William, tan poco como los hechos que tenía hasta ahora. ¿Cómo debería resolver el rompecabezas así?

Raphael vio lo quemado que estaba William y se lo dijo a Michael. Decidió que los aviones se reunirían en la base secreta de Escocia para que pudieran cambiar brevemente de opinión y recargar sus baterías.

William se alejó para pensar. ¿Qué tienen en común estas personas, estos lugares, los eventos? ¿Qué hilo corre por aquí?

¿Valiant Thor se trata de hablar con un emisario alienígena de la Federación Galáctica? ¿Hay alguna Federación Galáctica y, si es así, de qué más hay que William no tenía ni idea?

¿Berenger Saunier era un pastor que había ayudado al paciente a inventar una historia para no revelar la verdad sobre el tesoro de los Caballeros Templarios?

Cristóbal Colón, Vasco Da Gama, Fernando Magallanes fueron marineros que ayudaron al paciente a llevar el tesoro al mundo y a utilizar el tesoro y el conocimiento para convertir a la gente. África, India, Sudamérica y América. ¿Son dos tercios del mundo?

¿Leonardo Da Vinci siempre se adelantó a su tiempo y la gente se preguntó previamente cómo podría un solo hombre saber tanto? ¿Cómo podría reproducir el conocimiento de diferentes áreas con tanto detalle, tan detallado y preciso? ¿Puede ser tan simple que los extraterrestres elijan a nuestros eruditos y personas con predisposiciones especiales y le permitan vislumbrar el futuro o el pasado?

¿Tomar en la Portugal de hoy fue fundada por los Caballeros Templarios? ¿Y si los Caballeros Templarios nunca se extinguieran? ¿Y si usaran su tesoro y sus conocimientos para hacer creer a la gente que no existían para que pudieran actuar en cualquier momento y en cualquier lugar?

¿Y qué significa Port-U-Grail?

Jaques De Molay, el último gran maestro de los Caballeros Templarios. Cuando fue quemado en 1314 también fue el fin de los Caballeros Templarios.

William miró las notas, caminando arriba y abajo.

Sentía que las notas significaban algo para él, pero no lo entendía. ¿Por qué su cerebro le impidió ver el panorama general en esta situación? ¿Por qué no se le ocurrió la solución para salvar a todas las personas? William lanza un vaso contra la pared en la sala de conferencias, que se rompe en mil pedazos pequeños. Richard y Sigrun vienen corriendo a la puerta para ver si todo está bien con William. Se arrodilla en el suelo, tiene la cabeza en los brazos y llora.

Se le suben, Sigrun se arrodilla frente a él y lo lleva en sus brazos para consolarlo.

"No puedo hacerlo", le susurra al oído y Sigrun, cerca de las lágrimas lo mantiene aún más cerca mientras mira a Richard y en silencio le da un ¿POR QUÉ? Richard se hunde en una silla y hombros para indicar que no tiene ni idea.

Un momento después entra Rafael y antes de que pueda decir nada, ve a los tres en su situación desesperada. Entra y ayuda a los dos a levantarse.

Luego se dirige a William para decirle lo siguiente: "El libro no elige a un chico estúpido para torturarlo. Deliberadamente busca a alguien confiado, y que está a la altura de la tarea y puede resolverla. Si esta persona puede resolver el rompecabezas o no es sólo hasta la persona misma, sino también la capacidad y el conocimiento que la persona elegida tiene en él." Se da la vuelta y va a la puerta, pero antes de irse, se vuelve para decirles: "Pronto aterrizaremos en Escocia, donde se encontrará con el otro avión con los padres adoptivos de Williams a bordo".

Los dos aviones se detienen cerca el uno del otro y tan pronto como las escotillas están abiertas, ejércitos de personas acuden para cuidar de los heridos, llenar las provisiones y asegurar que los aviones no se descomponen en los próximos días.

Carmichael ve a William y casi le rompe el corazón. Ella nunca lo ha visto en tan mala forma. En la cabeza hay una herida por una explosión, los ojos llorosos y la mirada desesperada que le da cuando ella lo ve, al igual que el niño que le dio una mirada hace muchos años cuando se estrelló en una bicicleta y la llamó.

Ella era su roca. Ella había estado allí para él para siempre. Cada vez que le preocupaba podía venir a ella y ella lo consolaba. Cuando tuvo problemas con el profesor, ella lo protegió. Y por la noche, cuando ella lo puso en la cama siempre le dio un beso en el frente seguido de uno amoroso "Te amo"

Me dolió verlo así. Se sentía como una madre que quería proteger a su hijo. Esta prueba pareció romper a su hijo y así la rompería porque ella lo amaba con todo su corazón.

Ella lo miró y él miró hacia atrás. Todo alrededor de los dos se quedó en silencio. Sin rugidos, sin disparos, nada molestó este momento cuando él se acercó a ella en cámara lenta y ella pudo abrazarlo.

Una madre consolando a su hijo. Ella lo abrazó fuertemente y él lloró. Lloró cuando era niño, lloró como cuando era adolescente y hoy lloró en los brazos de su madre porque no sabe qué hacer.

La carga sobre sus hombros era tan enorme e inhumana. ¿Cómo pudiste confiar esto a una persona? ¿Por qué en el mundo torturas tanto a una persona? Ella hizo lo que una madre le hace a cada niño que está en sus brazos, consolándolo". Estoy ahí mi hijo", dijo, "y siempre estaré allí, cariño. Siempre estaré ahí para ti." William la miró y todavía un poco indefenso le preguntó: "¿Qué acabas de decir?" Ella responde que siempre estará allí para él. "No, antes de eso", dijo William, "dijiste 'siempre estaré ahí para ti, cariño'".

De repente, un destello de inspiración se apoderó de él.

De repente, los pensamientos, las pistas, los años y el rompecabezas tenían sentido.

Todas las historias, los nombres, los pueblos, todos estaban conectados por una cosa.

A través del tesoro.

El tesoro de los Caballeros Templarios - y tuvo su origen en...

¡Jerusalén!

Miró a Rafael y Michael, que estaban sentados con otro líder de su orden y coordinando el procedimiento. Se acercó a ellos seguido por Richard y Sigrun para decirles dónde terminaría la historia.

"Es JERUSALÉN!", Les dijo. "Debemos leer la décima historia en Jerusalén en el décimo día. Se trata del tesoro de los Caballeros Templarios. Viene de Jerusalén y tenemos que ir allí. No me preguntes cómo lo sé, pero de repente estaba allí."

Michael miró a los otros dos y respondió: "Así que nos reuniremos en Jerusalén en cinco días. Hasta entonces, tenemos que mantener vivo al paciente y a William. El paciente ya se encuentra en estado crítico. Esperemos que no empeore más. Mis dos hermanos te protegerán, William.

Volarán contigo para garantizar que después de diez días y diez historias puedes decir el nombre del dueño del libro en voz alta. Mis hermanos nunca han fallado."

De repente, muchos disparos y explosiones rompieron el silencio. Michael y Raphael gritaron órdenes por el aire. Cada vez más combatientes salían del edificio con chalecos antibalas y la cruz sobre ellos. Vehículos blindados se acercaron al aeródromo y las granadas impactaron en el aeródromo.

"¡Vamos, vamos, vamos!", oye William, congelado en un trance, no se dio cuenta de que Michael lo llamaba. Él se da la vuelta y ahí estaba ella, su madre. Miró a su hijo que se mantenía sólido como una roca. No quería irse hasta que supo que William estaba a salvo.

William escuchó una fuerte toma que hizo que el sonido de todos los demás se callara. Miró a los ojos de su madre cuando fue alcanzada por esta bala.

Un destrozo ..."no"

Todos se volvieron y miraron a William y luego miraron en la dirección donde él estaba mirando. Su madre.

Corrió tan rápido como pudo. Su mundo parecía disolverse, la persona más importante de su vida se desplomó en el suelo y tenía miedo de perderla para siempre. Se arrodilló a su lado y tomó su cuerpo en sus brazos y luego a su pecho. Lloró cuando le miró a los ojos, que sólo lo miró fijamente.

Perder con ellos, la peor batalla se desató que podría imaginarse. Hubo muchas bajas y lesiones en ambos lados, y Michael y Raphael trataron de poner a su equipo en el avión para salir de allí.

William no se dio cuenta. Estaba sosteniendo a su madre herida en sus brazos cuando de repente vio una sombra acercándose a él. Caminó hacia él casi sin peso y con elegancia, su pelo rojo ondulado soplaba en el viento, el granizo de balas no podía dañarla, era hermosa y elegante.

Se arrodilló junto a William y miró profundamente a sus ojos. William notó un aroma maravilloso que nunca había olido antes. Ella le dice con voz tranquilizante pero decisiva: "William, tienes un trabajo que hacer. Concéntrate en ello. Yo cuidaré de tu madre. Ella no morirá hoy, te lo prometo."

William la miró y aunque nunca había visto a esta mujer antes, confió en ella. Puso a su madre en sus brazos. Y como si su madre no pesara nada, la mujer desconocida la levantó y la llevó a Michael y al paciente en el avión.

William se dirigió con Rafael y otros hermanos a su avión, pero siempre miró a la mujer que llevaba a su madre en sus brazos en el avión vecino. Cuando ella estaba en el avión con su madre, el grupo alrededor de William llegó a su avión.

Cubierto por varios helicópteros y masas aparentemente interminables de caballeros, el avión comenzó a moverse.

Sigrun abrazó a William cuando se desplomó tan pronto como estaba a bordo. Miró sus manos, que eran rojas, rojas de la sangre de su madre.

De repente sus ojos se volvieron negros.

Lo llevaron a sus aposentos y lo dejaron dormir. ¿Qué tormentos tiene que soportar estos días? ¿Cuánto puede tomar antes de desplomarse bajo la carga? Si su madre muriera, eso significaría que toda la operación había terminado.

Carmichael se desmayó en una mesa de operaciones junto al paciente. La Profesora no perdió la oportunidad de operarla personalmente. Y él tampoco la dejaba ir, no podía imaginar un futuro sin su esposa. Con una voluntad de hierro y una mano meticulosa, operó a su esposa durante horas. Después de terminar y se había lavado las manos, le dijo a Michael: "¿Dónde está cuando más lo necesitamos?" El profesor se va sin esperar la respuesta.

William se despierta después de un largo sueño. Junto a su cama, Sigrun se despertó, que había puesto su cabeza contra él y ahora se despertó. "¿Cómo está mi madre?" él preguntó y Sigrun respondió: "Ella todavía está en coma. El profesor la operó la mayor parte de la noche. Dice que está en estado crítico. Lo siento mucho William", dice, tomando su mano reconfortantemente en la suya. Ella se levanta y lo besa en la frente y dice que te amo sin saber que su madre siempre hizo lo mismo. William sólo la mira sorprendida.

"Te amo y siempre lo he hecho. Y me rompe el corazón verte así." Las lágrimas corren por sus mejillas y William las limpia y la besa.

Richard irrumpe por la puerta y ve a los dos y se suelta en exclamación: "¡Sí! Siempre lo supe. Estoy tan feliz de que finalmente encontraran el valor de decir lo que sienten el uno por el otro. Ya no sabía qué decir cuando me dijiste lo genial que es y lo mucho que te elogió. Creo que es bueno como es. En este momento, necesitamos a la gente que amamos más que nunca".

Raphael viene a la puerta para decirle a William que ha aparecido una nueva historia. Así que todos se prepararon para la próxima parada. William estaba seguro de haberse acercado al descubrimiento del nombre porque ahora sabía qué ciudad era y que todo tenía que ver con el tesoro de los Caballeros Templarios.

"Aterrizamos justo en el borde del Sahara. Los alemanes tenían algunas bases aquí en la Segunda Guerra Mundial. Hemos tenido uno limpiado y preparado para el aterrizaje para que no hagamos demasiado daño con la destrucción que nos acompaña. No hay nada que podamos hacer con el bombardeo. No importa a dónde vayamos, Luce podrá localizarnos en cualquier lugar. Él tiene las mismas habilidades que nosotros."

Después de aterrizar, Raphael vino con un par de hombres a William en la bodega. "Este es mi hermano Gabriel. Él va a salir con usted esta vez y voy a ver todo desde aquí. "Gabriel?", Pregunta William de nuevo, "¿Eras una familia muy piadosa?" Se ríe y corre por la rampa. Raphael y Gabriel lo miran ir y no pueden evitar sonreír.

Los compañeros de William publican alrededor de un edificio en ruinas mientras entra. Se sienta en una mesa que podría haber venido de una película postapocalíptica.

Abre el libro y comienza a leer….

JERUSALÉN

1187 DESPUÉS DE JEHOVÁ

... Bernhard von Clairvaux era como un hermano. Nos conocimos en Chateau Gisors en 1118. Después de la renovación en 1033 después del Señor, tuvimos que repensar nuestro conocimiento y creencia. Tuvimos que usar nuestro tesoro para evitar cosas malas y promover las buenas.

Bernhard von Clairvaux propuso crear una orden de caballeros. Podría argumentar ante el Rey y el Papa que deben proteger a los desfavorecidos, y mientras tanto podríamos perseguir en secreto nuestro objetivo de proteger el secreto y difundir nuestra fe al mundo. Sin embargo, era mucho más importante controlar los acontecimientos mundiales y no dejar que nuestros adversarios tomaran el poder desde el principio.

Para controlar los países, el país debe ser tuyo, ¡el pueblo debe ser tuyo y el dinero debe ser tuyo y teníamos el mayor tesoro de la tierra!

Necesitábamos un lugar central desde el que podamos controlar el mundo. Se lo dejé a Bernhard von Clairvaux, él tenía la capacidad de planificar las cosas muchos años por delante en la forma en que realmente sucedieron.

Oficialmente, cuidó principalmente del orden cisterciense en su vida, lo que sólo la orden sabía es que construyó un país y dominación mundial para nosotros.   Entendió de qué se trataba. Queríamos llevar la palabra de Dios al mundo y transmitir sus valores, pero la humanidad ya se había desarrollado de tal manera que sólo el caballero más fuerte y el país más rico tenían la opinión. Debido a eso, tuvimos que convertirnos en el orden caballeroso más fuerte y el país más rico.

Bernhard von Clairvaux entregó y unas semanas más tarde fundamos el Pobre Caballero de Cristo y el Templo Salomón en Jerusalén.   Los guardias galácticos nos honraron y nos proporcionaron nueve de sus guardias.

Sus nombres eran: Hugo von Payns, Gottfried von Saint-Omer, Gundomar, Gudfried, Roland, Payen von Montdidier, Gottfried Bisol, Archibald von Saint-Amand y Bernhard von Clairvaix Uncle Amdreas von Montbard.

Bernhard había hecho mucho más. Él ha determinado la orden cuando oramos, lo que decimos y cuándo lucharemos. Rara vez conocí a un hombre más sabio. Envió a su sobrino al monasterio de Salzedas. Allí fue preparado por los caballeros de los templos para su tarea como rey, que algún día debería ejercer de acuerdo con los deseos de los Templarios.

En 1139 había llegado el momento. Don Alfonso I, se convirtió en el primer rey del país en convertirse en hogar y puerto para expediciones por todo el mundo.   Aquí podíamos construir una nueva estructura desde cero y como nadie la sabía, teníamos suficiente tiempo.

Días después de la coronación de Alfonso I, se reunieron los líderes de la orden de los caballeros.

Decidimos crear nuestro centro en Tomar. Para protegerlo, construimos un muro de castillos de Almourol a Cardiga, de Abrantes a Branco, de Branco a Monsanto, de Coimbra a Ega y finalmente de Redinha a Pombal. Ningún agresor debería ser capaz de acercarse a nuestro mayor secreto sin ser visto.

Ahora teníamos un país que era nuestro. Rey Alfonso I, fue uno de nosotros y nombró al nuevo país en honor al mayor tesoro de los Caballeros Templarios —

PORT-U-GRAL — El puerto del Grial.

Salahadin se acercó a Jerusalén y ya habíamos empezado a traer nuestros tesoros y reliquias a Akko. Estaba seguro de que tenía la ayuda de alguien que nos conocía desde adentro y que quería destruirnos. Luce fue vista en el campamento de Salahadin y desde entonces, sabíamos que teníamos que renunciar a Jerusalén. Pocos días después de enviar caravanas a Akko, Salahadin invadió Jerusalén con 100.000 guerreros.

Nuestros últimos caballeros tuvieron que huir a través de las cuevas de Zedekia, donde habíamos encontrado tesoros de valor indescriptible sólo años antes. La huida del enemigo más cruel que jamás habías visto.

Los caballeros protegieron las muchas caravanas que llegaron a un refugio seguro. Nos detuvimos en nuestro castillo en Latrun. La gente huyó de Salahadin y perdió sus hogares. Lo único entre ellos y la muerte segura eran los caballeros. Y así los antiguos residentes de Jerusalén acompañaron a nuestros caballeros, que a su vez los protegieron con sus vidas. Protector de los pobres y necesitados.

Quería descansar en una esquina cuando sentí un mordisco corto y firme en mi pantorrilla. Cuando miré hacia abajo, una víbora con cuernos se estaba alejando. Me sorprendió y me tomé un breve momento para despejar mi cabeza y advirtió a los presentes que no se sentaran en los arbustos sin comprobarlos primero. Mi herida sanó por sí sola con luz divina — la gente normal no puede

Después de haber descansado los caballeros formaron tamaños de grupo significativos y flanquearon esto en nuestro camino a nuestro destino, Akko

¿Qué esperaríamos allí?

Para no volver a sorprenderme, pedí a los arquitectos de los caballeros que pensaran en cómo podíamos defendernos de un ataque.

Continuamos haciendo nuestro camino a Akko.

... Los valores del paciente se dispararon locamente. Los latidos del corazón subieron enormemente, las máquinas estaban pitando como si fuera una competencia. ¿Qué ha pasado? El profesor y su equipo examinaron al paciente de la cabeza a los dedos del pie, pero no encontraron heridas nuevas importantes. Tomaron sangre para analizar varios síntomas. La condición del paciente se deterioró de un minuto a otro.

Lo examinaron de nuevo con lupas para encontrar el más mínimo cambio en su cuerpo. Durante el examen, el profesor descubrió que el pie derecho estaba apretado y allí también descubrió mordeduras que ahora comenzaron a sangrar. La necrosis también parecía estar desarrollándose aquí.

En la cabeza del profesor, apareció una señal de advertencia. Era una mordedura de serpiente. Él mira los síntomas de nuevo y trata de hacer un diagnóstico de qué tipo de veneno es. "¡Ata la pierna! Tenemos que evitar que el veneno se propague en el cuerpo. En su condición, lo matará."

Una asistente de laboratorio saltó a través del avión y se dirigió a la sala de tratamiento: "Es el veneno de la víbora con cuernos".

El profesor sacó el antisuero del cuarto frio e inmediatamente lo inició para el paciente.

"Tenemos que asegurarnos de que su temperatura baje y sus valores se normalicen.

Espero que responda rápidamente al antisuero, de lo contrario, no sobrevivirá en las próximas horas".

El profesor fue a la mesa de tratamiento de su esposa. Ella todavía estaba inconsciente y parecía estar luchando contra una pelea con la que nadie podía ayudarla. Sin embargo, escuchó una hermosa voz femenina suave en su cabeza que le hablaba de una manera tranquila, pero decidida.

"Querida Martha. No puedes rendirte ahora. Tienes que elegir despertarte y seguir adelante. Tu tiempo aún no ha llegado. Le prometí a tu hijo que estarías allí para él por mucho tiempo. Decide seguir luchando. Decide vivir. Tienes que tomar esta decisión, pero tienes que hacerlo ahora."

Carmichael abrió los ojos y el profesor la miró con lágrimas en los ojos.

"Hola, cariño", dijo suavemente, y ella respondió suavemente: "Hola profesor". Estaba viva. Y sólo eso cuenta.

William cerró el libro y, como de costumbre, corrió de vuelta al avión de espera con sus compañeros, que luego despegaron inmediatamente. Los cohetes golpearon el edificio en la pista, y parecía que esta vez era mucho más de lo habitual. ¿Fue la frustración de Luce que no lo mató en Escocia? Un golpe a la vez. Un gruñido profundo y fuerte los acompañó cuando estuvieron en el aire durante mucho tiempo.

Sigrun estaba esperando a William en espera con las buenas noticias.

"Tu madre está despierta." La abrazó y parecía como si nunca quisiera dejarla ir. Por fin fueron buenas noticias.

Entraron en la sala de conferencias y añadió más detalles a sus notas.

Bernardo de Clairvaux 1118

Port-U-Grail = Puerto del Grial

Estaba más seguro que nunca de que se trataba del tesoro de los Caballeros Templarios.

Jerusalén era, por lo tanto, sin duda, la ciudad donde tenían que encontrarse. ¿Pero de quién debería gritar? ¿Era el nombre del último gran maestro o era el nombre del arquitecto detrás de los Caballeros Templarios? No importa, pensó. Había llegado tan lejos, y había logrado tanto que también resolvería el resto del rompecabezas.

¿Pero qué secretos resolvería hasta entonces? Hasta ahora, las historias han sido mucho más extrañas que la realidad, y, sin embargo, las cosas de las historias resultaron ser ciertas. Su mundo se había puesto patas arriba y tenía uno o dos problemas para entenderlo todo.

Miró su mesa de nuevo y todavía no sabía lo que el Valiente Thor estaba buscando. No había evidencia de extraterrestres antes o después, y no quería creer la historia con Leonardo da Vinci sin pruebas claras. Aún quedaba un largo camino por recorrer. ¿Pero resolvería el rompecabezas del que se trataba a tiempo?

Se calmó diciendo que no tenía que resolver todos los rompecabezas de la Tierra, pero sólo tenía que buscar y combinar los hechos en este caso.

En cuatro días, decidirá el destino de la Tierra en Jerusalén. ¿Y si no sabe cuál es el nombre para entonces?

Richard entró y se sentó con William. "Así que Sigrun", dijo y se río. William no pudo evitar sonreír. Crecieron juntos. Los tres venían de la misma ciudad, pasaron por gruesas y delgadas. A pesar de que no era común que los niños y las niñas jugar juntos, el pequeño Sigrun siempre había estado allí.

Fue ella quien puso a algunos chicos en su lugar y eso como una mujer muy joven.

"Sí", dijo William, "No puedo imaginar la vida sin ella y con todas las cosas que están pasando a mi alrededor en este momento, no quiero reprocharme por no decirle lo que siento por ella. Usted ha sabido durante mucho tiempo que era algo más que una amistad, después de todo, nos conoce mejor que nadie.

Miró a Richard: "Tengo miedo Richard. ¿Y si no soluciono el rompecabezas?"

Richard se levantó y se acercó a William y le dijo en un tono tranquilo pero firme: "Todavía tienes cuatro días y aunque tu mundo se ha puesto patas arriba, tienes el lugar de la reunión. Revelaste tu amor a Sigrun y pude experimentar cómo te convertiste en un hombre en el menor tiempo posible, que estimuló el miedo y se puso en el fondo para servir a los demás. Esto incluye capacidad mental interna y mucha fuerza. Creo en ti, amigo mío, y estoy deseando contarte algunos detalles más tan pronto como hayamos hecho todo esto. Usted se sorprenderá gratamente." dijo y salió de la habitación.

Al mismo tiempo, Sigrun entró en la habitación y se sentó al lado de William. La sostuvo y la acercó contra él. A pesar de que se habían conocido toda su vida, todo de repente se sintió nuevo. Miró a Sigrun y pensó en ver un resplandor de toda su silueta. Al mismo tiempo, pensó que se estaba volviendo loco ahora porque finalmente le había dicho lo que sentía por ella.

¿Cuántas veces han pasado la noche juntos? En el campamento juvenil, más tarde en la universidad. Siempre estaba allí, y se sentía tan bien. No había nada en ella que le molestara. Podía reírse y llorar con ella. Se hacían bromas el uno al otro y en la ciudad los tres eran conocidos como bribones. Inseparables.

Eso le dio fuerza ahora. Sigrun y Richard estaban luchando a su lado, el Profesor y la Sra. Carmichael lo estaban apoyando. Y a pesar de todo, tenía que resolver el rompecabezas, y lo estaba haciendo solo.

Habló con Sigrun durante mucho tiempo y le preguntó si había algún secreto entre ellos que aún no sabría. Ella prometió contarle todo tan pronto como el rompecabezas se resolvió y los dos tuvieron algún tiempo para sí mismos.

Esa fue la palabra clave para William. Miró los hechos una y otra vez. Pregunta tras pregunta para la que no tenía respuesta.

¿Podría ser que los Caballeros Templarios construyeron y diseñaron Portugal para actuar sin ser reconocidos? ¿Podría ser que los caballeros se congregaron en todo el mundo y construyeron los cimientos de la base actual del mundo? ¿Podría ser que los caballeros todavía estuvieran con nosotros hoy sin que lo sepamos, o sin que queramos saberlo?

Tenía sentido. Si tienes muchos miles de años, además de un tesoro que no sólo contiene dinero sino también mucho conocimiento, puedes lograr tener a tus hombres en cada país, en cada gobierno, y en cada institución importante y determinar en qué dirección va y de qué mantener tus manos fuera. Pero esto también podría infundir miedo. Este poder en las manos equivocadas podría ser la razón por la que fueron atacados tan mal. Muchas personas han resultado heridas y han muerto en los últimos días. ¿Valió la pena?

¿Y quién era luce? ¿Por qué era tan implacable y brutal? ¿Qué debe haber pasado para hacer a una persona así? Ojalá pudieran ayudarlo un poco más. Le preguntó a Sigrun si sabía algo más sobre Luce que ella pudiera decirle y eso lo ayudaría. Ella le preguntó a Rafael y él mismo vino a William.

Miró a William y dijo con voz tranquila: "No siempre fue así. Era uno de los buenos. Hizo lo mejor que pudo y durante mucho tiempo, fue un modelo a seguir para muchos otros. Sin embargo, su ambición hizo que se volviera cada vez más terco y envidioso de los demás porque pensaba que a nuestro padre le gustarían más que a él".

William miró a Raphael con una mirada sorprendida: "Espera. ¿Qué quieres decir con nuestro padre?"

"Bueno, William", respondió Rafael con una pequeña sonrisa: "Luce es nuestro hermano".

William estaba perplejo y ahora tenía aún más preguntas, pero Raphael le dejó claro que ya no debía decírselo. Pero debería empezar a pensar más grande. Debería pensar fuera de la caja y captar el panorama general. William todavía se limitaría a sí mismo porque piensa en áreas vigiladas y ni siquiera deja que tres sean rectas. En este momento, sería necesario que diera un paso atrás e hiciera posible lo imposible. Ya era hora de que William obtuviera lo que necesitaba de las pistas, tuviera que obtener la respuesta al rompecabezas.

William quedó desconcertado. Escribió lo siguiente sobre sus pistas:

Luce y la enmarcó. Después, escribió Hermano de Rafael, Michael y Gabriel.

Él también enmarcó esto. Detrás de él un gran signo de interrogación y por debajo de él:

¿Contexto?

Sigrun volvió con él y lo abrazó. Le gustaría decirle más, le gustaría decirle lo que significa cuando dice que ama a alguien, pero no se le permitió decirle nada. Ella lo besó y se sentó en la parte trasera de la habitación, así que William tenía un poco de espacio para acercarse a la solución.

Pensó en su madre y tenía las fotos en la cabeza cuando se lastimó. Pensó que la perdería para siempre. Y luego recordó a la mujer que se acercó a él y cuidó de su madre. ¿Quién era ella y cómo pudo ser que ninguna de las balas la golpeara? Eso era imposible y, sin embargo, él lo presenció. No tiene ningún sentido. Todavía podía recordar el pelo rojo que soplaba en el viento, su voz que era tan suave y calmante, y su olor, que todavía no podía describir.

Escribió en sus notas:

¿Una mujer pelirroja?   ¿Voz calmante?   ¿Pelo ondulado? ¿Fragancia?

Sigrun se acercó a él y le quitó la pluma de la mano y escribió a continuación:

MARY

Ella lo miró, sonrió y dijo: "No puedo decirte quién es. No puedo decirte de dónde viene y qué tiene que ver con todo eso. Lo que puedo decirte es que ciertamente has oído hablar de ella o leer sobre ella. Trata de Ver desde una perspectiva más amplia. Te bloqueas a ti mismo. Deja volar tu imaginación. Sé que puedes. Siempre lo has hecho muy bien. Ahora todo depende de ello y eso te bloquea." Entró en su litera para dormir y William se quedó atrás. Mary? ¿Cómo conocería a una María?

Estaba exhausto. Se sentía como si toda la energía hubiera sido drenada de él. Fue a su dormitorio y se acogió. No podía dormir mucho tiempo porque pasaba por su mente. En algún momento, se quedó dormido exhausto.

El estruendo aburrido del avión lo despertó. Cansado y agotado. Su cabeza estaba vacía. Se duchó y se dirigió a los demás que estaban desayunando. Richard lo miró y le preguntó si había sido una noche corta. Todo el mundo sabía la respuesta.

Fue cruel que no se les permitiera ayudar a su amigo. Por supuesto, todos sus compañeros sabían ahora quién era el dueño del libro. Por supuesto, cada uno de sus compañeros sabía qué nombre llamar y aun así no podían ayudarlo. Para los verdaderos amigos, esto también fue una prueba de estrés. Vieron que se estaba empujando a sí mismo a los límites de lo que es posible y, sin embargo, no se les permitió hacer nada. Richard y Sigrun, sin embargo, se reunieron y discutieron para darle a William toda la información que estaba permitida, al mismo tiempo que Rafael les había advertido que no cruzaran la línea porque no había una zona gris aquí, una violación ni siquiera la más mínima violación de las reglas conduciría irreversiblemente al fin de la Tierra. Y todos los esfuerzos y sacrificios habrían sido en vano.

Raphael les dijo que vio algo en los ojos de William que lo animó a creer en él. Y la fe de Rafael era fuerte.

Después del desayuno, los tres volvieron a la sala de pruebas. Richard vio que el nombre MARIA estaba en la pizarra y le preguntó a William cómo se había enterado. Sin embargo, se refirió a Sigrun y le dijo que el nombre no le habría ayudado. Hay millones de MARYS en el mundo.

"¿Dónde debo averiguar quién es sin saber su apellido? ¿Cómo sé qué papel desempeña en todo esto?"

Esa fue exactamente la línea fina por la que caminaron. El apellido podría haberle dicho la respuesta a William, así que la pista sería una violación de las reglas. Pero era sólo otra indicación. Qué grandes, cuán importantes o tan significativos no se les permitió decírselo.

Miró a la junta. Una y otra vez, introdujo los nombres y las fechas en el ordenador. Hizo una nota a la vez. Vinculó nombres con nombres y eventos con eventos. Escribió cada pedacito de información que leyó. Por un lado, las pistas que confirmaron su asunción actual llegaron a la otra, las cosas que dejaron preguntas, y no quisieron igualar.

Richard y Sigrun miraron por encima de su hombro todo el tiempo y lo admiraron por siempre ganar fuerza y levantarse una y otra vez cuando estaba en el suelo. ¿Cuántas veces ha querido rendirse en los últimos días? Y ahora lo observaron mientras le tocaba los dedos casi doloridos y la información corría sobre la pizarra. Nunca han creído más en él, pero en los últimos días, lo han visto tan herido como nunca antes lo habían hecho. Fue un momento difícil para los tres amigos.

Justo cuando se concentraban en la búsqueda de la solución, apareció la luz brillante del libro que anunciaba una nueva historia.

William estaba ansioso por leer la nueva historia porque esperaba encontrar hechos que lo respaldaran y continuaran señalando a los dos hombres que vio como una solución. Sin embargo, todavía tenía que ser paciente.

Rafael había dado instrucciones a sus hombres para que se dirigían a la base en la isla de Cantón. La isla era de propiedad privada, y el aeropuerto había pasado desapercibido durante años. Era poco probable que alguien conociera el aeropuerto, pero los misiles de las naves de Luce llegan a todo en la Tierra.

Esta pequeña isla en el Pacífico, sin embargo, nos ayudó a minimizar los daños colaterales de los bombardeos de Luce. Los edificios pueden ser reemplazados, las vidas humanas no pueden.

El vuelo a la isla tomaría otra hora.

William se retiró y se acostó en su cama. Cuando miró al techo, pensó en los últimos días. Durante años se había preparado para sus exámenes, aprendido y siempre fue uno de los mejores. Y justo cuando había terminado sus estudios y tenía el título en el bolsillo, le robaron la vida que siempre había soñado. ¿Qué debería ser de él cuando se entere del nombre en cuestión?

¿Qué sería de él y Sigrun? ¿Y qué secreto rodea su sombrero que aún no conoce? ¿Qué Richard? Cada vez más pensamientos y todo lo que una vez había cambiado en muy poco tiempo y nadie podía saber a dónde llevaría eso. William estaba preocupado de que pudiera perder a sus amigos o familiares. Ni siquiera pensaría en lo que pasaría si no pudiera sacar el nombre. También no tenía sentido. Porque todo terminaría.

Fue sacado de sus pensamientos cuando el capitán anunció el aterrizaje. Ahora era esa vez otra vez. ¿Qué averiguaría ahora? ¿Las soluciones estaban en esta historia? ¿El velo ahora se levantaría? Arrancado por dentro y por fuera, se preparó para absorber el siguiente capítulo y así cumplir con su deber.

William estaba en la escotilla después de aterrizar. Con Rafael y dos de sus hombres, se dirigieron al almacén más cercano al avión.

El avión se llenó y esperó con los motores en marcha.

Raphael le señaló a William que podía empezar.

Tan pronto como Rafael salió de la habitación, William abrió el libro y comenzó a leer.

LA PRIMERA RENOVACIÓN

EN 1033 DESPUÉS DEL SEÑOR

... Las directrices del Consejo Galáctico también se aplicaron a nosotros. Por lo tanto, tuve que encontrar un lugar adecuado para la primera renovación y construir un edificio adecuado para los guardianes que sirve para honrarlos. Se trataba de demostrar a los guardianes que éramos dignos de usar y honrar su Tierra por otros 1000 años. Una reunión en un granero no fue suficiente, tenía que ser una reunión y un lugar digno de un rey. Por lo tanto, yo personalmente fui en el viaje para buscar este lugar temprano y para erigir el edificio en favor del consejo galáctico y los guardianes de la humanidad.

Al final del primer milenio después del Señor, hice mi camino para encontrar el lugar correcto. Fui al oeste y convertimos almas perdidas en fe, ayudamos a almas que parecían indefensas a encontrar un camino. Abadías y monasterios nos dieron la bienvenida y nos dieron comida y bebidas.

En 987 después del Señor, llegamos al monasterio de Augiensis en el prope lacum Potanicum. Nos acomodaron amablemente. El abad del monasterio era el abad Witigowo y empezamos a hablar de encontrar un lugar adecuado para honrar a un rey y para construirle un lugar que duraría siglos hasta su esplendor.

El venerable abad Witigowo nos habló de sus viajes antes de ser elegido como Abad que lo llevó al Imperio Romano-alemán. Habló de un paisaje tan verde como el verde más fuerte que conocía y, sin embargo, estaba rodeado de montañas que parecían proteger este país.

Aceptó acompañarnos allí como si me hubiera reconocido y esta parecía ser una de sus tareas. Fuimos al norte a través de campos y prados tan hermosos que sólo el Señor podría haberlos creado. Después de unos días, cruzamos ríos y valles y algunas crestas cuando caminamos sobre los Plaiks y encontramos nuestro destino de ese día en la montaña Lochen, donde acampamos en la piedra de Lochen.

El abad quería presentarme lo que era especial sobre este lugar al amanecer del día siguiente.

Nos Instalamos un campamento y comenzamos un incendio, comimos y contamos historias de nuestras vidas como si nos hubiéramos conocido para siempre. Confié en el abad Witigowo para elegir el lugar para el palacio del Rey, ya que ahora sabía que era importante para la renovación.

Nos despertamos muy temprano para no perdernos el momento del amanecer. Cuando el sol se asentó sobre el país y el rocío de la mañana decidió ceder, parecía como si pudiera ver todo el Imperio

Romano-alemán. Fue un momento drástico en el que me di cuenta de nuevo de que sólo éramos una pequeña parte de un propósito y que teníamos una tarea que determinaba el curso de la humanidad de una manera precisa.

"Que allá abajo en el valle es el pequeño Pueblo Balginga. Un lugar piadoso que me permitieron visitar hace algún tiempo", dijo el monje Witigowo y continuó: "La gente no tenía mucho, pero compartían tan poco como tenían conmigo. Son gente de buen corazón. Y si dejas que tu mirada deambule un poco más allá, entonces verás detrás de lo que nos llevó aquí. El Mons Solarius. Su edificio debe ser construido en esta Montaña del Sol en favor del gobernante de todos los gobernantes."

Miré a Balginga y vi a Mons Solarius por primera vez como si fuera besado por el sol. ¿En qué lugar, si no éste besado por el sol, debería convertirse en el lugar para honrar a los gobernantes de la humanidad?

Empacamos nuestras pertenencias y empezamos a descender de las cuevas de piedra donde nos habíamos alojado. Después de unas horas, pasamos por Balginga y la gente nos ofreció vino y comida durante nuestro descanso. Rara vez he sentido esta bondad de extraños en esta forma. Después del resto, no podía esperar para llegar al Mons Solarius, la Montaña del Sol.

Todavía necesitábamos unas horas y llegamos al pie de la Montaña del Sol a primera hora de la noche. Rara vez había visto tanta belleza. Aquí es donde la casa solariega debe ser construida para honorar al gobernante de todos los gobernantes.

Luego conocí a los dueños de Mons Solarius al día siguiente. Eran los hermanos Wezil y Burchardus de Zolorin, cuyo padre Friedrich von Sülichgau les había dado esta montaña.

Les expliqué a los hermanos y les señalé que no teníamos tiempo de buscar otro lugar. También les hice conscientes de que el edificio se convertiría en su propiedad, pero que tendrían que asegurarse de que siempre se mantuviera y que tenía que brillar en honor de los gobernantes en todo momento.

Las dudas del hermano desaparecieron cuando les dije quién era yo. No se hicieron preguntas, no se desaprovechó tiempo. Al día siguiente empezamos a construir un camino en la colina de Mons Solarius. Una vez allí, nivelamos la zona y comenzamos a construir la corona de todos los castillos en el Imperio Romano-alemán en la ubicación de la montaña más hermosa de Suabia. El Castro Zolre debe ser digno de un dios de los dioses.

Teníamos suficientes recursos y así podíamos unir tantos expertos en un solo lugar, como no habría en ningún otro lugar de todo el Imperio Romano. En muy poco tiempo, construimos el Castro Zolre, que era el edificio más magnífico de todo el imperio en ese momento.

Construimos durante el día y dormimos sólo brevemente por la noche. Casi todos los residentes de Balginga estuvieron involucrados en la construcción de este magnífico complejo. Vimos a padres, madres, hijos e hijos involucrados en el proceso de construcción para realizar la finalización de la primera renovación del Castro Zolre, en 1033 después del Señor. Y no nos decepcionó.

A principios del año 1032/1033 después del Señor, se completó el magnífico edificio. Incluso en el frío amargo, el Balgingas no desaprovechó la oportunidad de cumplir su palabra y construir este Castro.

¡Esta gente merecía un lugar en mi corazón para siempre e incluso si teníamos fondos ilimitados, el proyecto era casi demasiado grande para realizarse a tiempo! En última instancia, sólo la voluntad de estas personas lo hizo posible.

En el quinto día del cuarto mes de 1033 después del Señor, la primera reunión tomo lugar en la gran y espléndida sala del Castro Zolre.

El reglamento había estipulado que los nueve más altos guardianes de la Federación Galáctica, así como los líderes de la Iglesia en la Tierra y los Cardenales Supremos, tenían que estar presentes para una renovación. Además, los líderes de la economía de libre mercado y los ciudadanos más ricos también tuvieron que estar presentes y expresar su voluntad de mantener el secreto.

Era difícil explicar la importancia de esta renovación y su significado para todos, pero cuando el resplandor de la luz blanca llenó los asientos de los nueve guardianes de la generación galáctica, y nos aparecieron, me pareció como si las personas presentes estuvieran ahora listas para escuchar.

Habían pasado muchas cosas desde la nueva era y el comienzo de los primeros 1000 años. Se libraron guerras, mataron a la gente. Los pecados mortales reinaron y la gente había dado por sentado el don de la vida en la Tierra, la saqueó y la destruyó como si hubiera más de una Tierra.

Los gobernantes de la Federación Galáctica me pidieron que me presentara frente a ellos y les explicara por qué no debían dejar entrar otro diluvio para eliminar este intento de la humanidad como el anterior y empezar de nuevo.

Sus guardias habían visto graves violaciones del derecho humano y la moralidad sobre el terreno. Del mismo modo, no pueden ver ningún avance en la ciencia y las invenciones o el campo médico que justificaría la existencia continua.

Las personas presentes finalmente parecían entender la gravedad de la situación y se podía ver que cada vez tenían más miedo por sus vidas.

¿Qué traería mucho dinero en manos de nobles y gobernantes si no lo utilizaran para asegurar la existencia continua de avances médicos?

¿Qué trajo ese poco de conocimiento a estas personas si no lo usaron para obtener más conocimiento y mejorar el futuro?

¿Por qué deberíamos dejar vivir a esta gente?

Me quedé allí y tuve que escuchar lo mala que era la humanidad. Y sí, algunas personas mataron a otras. Había gente codiciosa. Algunas personas usaron su dinero para explotar a otros. Algunas personas hambrientas de poder vendieron a su propia madre por dinero y contaron todo lo que el mejor postor quería oír. Todo eso era cierto.

Pero algunas personas se sacrificaron por otras personas. Estaban los sacerdotes, los médicos, los médicos y las enfermeras en los hospitales. Algunos maestros y profesores enseñaron a sus alumnos el conocimiento para que pudieran hacer un lugar mejor fuera de esta tierra.

Algunas madres y padres les dieron a sus hijos amor ilimitado, había amor que parecía no conocer límites. Algunas personas defendían la naturaleza y la Tierra.

Eso fue humanidad. Por cada mala persona, había dos buenas personas. Por cada criminal, había mucha gente haciendo el bien y para los codiciosos entre la gente, había buenos que enseñaban a sus hijos a amar a su prójimo. La humanidad era un equilibrio que se alineaba a sí misma. Si bajó, por un lado, entonces el otro lado lo ajustó de nuevo. La humanidad aún no era perfecta, pero la humanidad era inquisitiva y capaz de aprender y eso era lo que debías hacer por la humanidad.

Era demasiado pronto después de un período de sólo 1000 años y en un tiempo de la Edad Media para tomar una decisión final si la humanidad es buena o mala, si la humanidad merece vivir o si debe morir.

Era demasiado pronto. Les pedí a los gobernantes galácticos que escucharan a sus guardias y les preguntaran si habían visto y oído lo mismo que les dije. Eran los guardias caminando entre nosotros para que no podamos reconocer a los que habían estado de acuerdo conmigo. Encontraron cosas buenas en algunas personas que no habrían esperado, pero vieron a otras personas como iniquidad que no estaba allí antes. Fueron ellos quienes acordaron dar a la gente otros 1000 años para permitir que la humanidad se probara a sí misma. Para demostrar que se ganaron el derecho de estar en esta Tierra y cuidar a los demás y al planeta.

Los gobernantes galácticos encontraron su decisión después de un corto tiempo y se decidió dar a la humanidad otros 1000 años para probarse a sí mismos. Para demostrar que vale la pena vivir en este planeta que no es suyo, sino en el que pueden pasar su vida.

Para los gobernantes galácticos, 1000 años no fue un largo período. Para los humanos, sin embargo, había muchas generaciones en las que podían probarse a sí mismos, en las que podían probar lo que los gobernantes galácticos querían ver.

Y eso fue amor, compasión, conciencia para los demás y para la Tierra prestada en la que se les permitió vivir.

Los gobernantes galácticos desaparecieron con una luz brillante y un murmullo atravesó las habitaciones de Castro Zolre. Estas personas ahora sabían que la vida de sus hijos y nietos sólo estaría garantizada si se les podía enseñar a cuidar a los demás tanto como a sí mismos y a su familia.

Los asistentes prometieron reunirse regularmente y dirigir y guiar al mundo desde el fondo para lograr este objetivo. Se lo debían a sus hijos y a las personas que no tenían tanto dinero y poder como ellos, se lo debían a toda la humanidad.

Luego dejamos el Castro Zolre a los hermanos Wezil y Buchardus de Zolorin. Los dos participaron en la renovación y prometieron hacer todo lo posible para que pudieran hacer en 1000 años, para que el pueblo pudiera satisfacer las demandas y que la Tierra no fuera golpeada por un nuevo diluvio.

Me acosté con mis amigos en Balginga anoche, y fueron este tipo de personas las que me movieron día y noche para luchar por la humanidad. Fueron estas personas las que me hicieron creer en lo que creía.

Estas personas merecían un futuro en la Tierra de Dios.

Por eso decidí crear una organización que funcione en segundo plano, que actúe en la fe cristiana y que, a partir de ahora y para toda la eternidad, acompañe y guíe a las personas consciente e inconscientemente para que puedan alcanzar la meta establecida. Como símbolo de esta organización, sólo la cruz entró en consideración, empapada en rojo sangre, para que nunca olvide de dónde vengo y a dónde tiene que ir la humanidad.

Con este objetivo en mente, empecé a planear y darme cuenta de la Orden en el nombre del Señor.

Me puse en contacto con el Consejo Galáctico.

El tesoro del Templo Salomón iba a ser la piedra angular de la Orden en el nombre del Señor, que tiene la tarea de guiar y servir al hombre para complacer a los gobernantes galácticos y asegurar su existencia continua.

Guiar y guiar a la humanidad es una tarea para la Caballerosidad Divina.

... William cerró el libro y salió corriendo. Raphael y los acompañantes corrieron hacia el vehículo, que los llevó al avión, que corría a toda velocidad y ya estaba en la pista, sólo para soltar los frenos y despegar tan pronto como William estaba a bordo de nuevo.

El coche con William llegó al avión momentos después y así saltaron al avión corriendo por su vida. La señal de salida se desprendió sin demora. En la pista, todavía se oyen las bombas que impactaron justo allí donde William estaba hace unos momentos.

Luce aún no lo ha renunciado, y no lo hará, pero no pudo crear una ventaja de tiempo que lo llevara allí. Afortunadamente, para Williams y sus compañeros, porque el éxito de Luce significaría que la muerte y la humanidad de Williams vivirían

en la oscuridad.

William no desaprovechó tiempo y le dijo a Rafael que tenía que hablar con él en la habitación donde recogió su información. Una vez allí, William comenzó de inmediato: "¿Puedo hacerte preguntas, y puedes responderme?" Raphael respondió: "Puedo responder a sus preguntas directas. No puedo darte más consejos. Si tienes alguna pregunta, adelante y trataré de responderte a tu satisfacción".

"¿Quién o qué es la Federación Galáctica?"   William preguntó directamente.

Raphael se sentó y después de beber algo respondió a la pregunta de William: "Mucha gente piensa que, de un milagro, la Tierra fue creada de la nada. Apareció una pista de Dios y nuestra hermosa Tierra. No es así. La Tierra es sólo una parte muy pequeña de un universo infinito que es tan grande que no puede ser limitado por la mente humana.

La Federación Galáctica son, por así decirlo, los constructores, los gobernantes, o como a ustedes los humanos les gusta escuchar a los jefes del universo infinito.   Se trata de individuos que comenzaron a colonizar planetas con varias entidades hace muchos millones de años.   El ser humano tal como lo sabes es sólo una criatura, y sin asustarte no eres el primer intento.

Ha habido varios intentos de crear la criatura perfecta para el planeta respectivo. Si vienes a un

callejón sin salida, luego deténgase e inténtelo de nuevo. Lo haces con la ayuda de ataques de cometas, diluvios u otras catástrofes. Si no hay más uso para el planeta, a veces puedes deshacer te de todo el planeta.

La Federación Galáctica es todopoderosa.   Fueron sus nueve líderes los que iniciaron todo en la tierra. No importa en qué religión, no importa en qué momento, no importa si los romanos, los egipcios, los vikingos o los teutones al principio, siempre son los nueve galácticos los que comienzan desde cero. Estos seres son omniscientes y justos, pero no les gusta ser engañados y, sobre todo, se trata del bienestar del planeta.

Son servidos por sus guardianes, que siempre se pueden encontrar en cada cara. Puede ser tu vecino, tu madre, tu anfitrión o tu mejor amigo quien sea guardián e informe a los nueve galácticos para que siempre estén al día.

En todos los mundos que crean tienen agentes vicarios que actúan de acuerdo con el mundo. En la Tierra, el deseo de fe y de que alguien fuera adorado era muy alto desde el principio. Por lo tanto, permitieron a la gente tu deidad, tus ángeles y tu fe. Sin saber que la gente sería tan estúpida y usaría sus creencias como excusa para matarse unos a otros. ¿Respondí a tu pregunta lo suficiente?"

William lo mira interrogante mente y le dice: "¿Así que me estás diciendo que hay alienígenas? ¿Guiar y determinar la historia en la Tierra y sus guardianes están siempre y en todas partes a nuestro alrededor?"

Raphael lo mira y le dice: "Esto es exactamente lo que te ha estado preocupando a ti, a los humanos, desde entonces. Piensan que son la corona de la creación, y como son el octavo intento, piensan que pueden decidir quién es el dueño del oro, el petróleo, los bosques y los océanos, no les pertenece, construyen armas después de un nuevo invento para que puedan destruir la Tierra varias veces en lugar de usar el conocimiento para ayudar y eso los hace, la criatura más cruel del universo.

Sí, si te gusta son los alienígenas. Pero ten en cuenta que estaban aquí antes que tú, y estarán aquí cuando te hayas ido hace mucho tiempo. Exactamente este pensamiento que estás usando en este momento es la razón por la que la humanidad pronto será eliminada de nuevo. No pueden admitir que no son la medida de todas las cosas, no pueden entender que cometen un error tras otro y no aprenden a ceder a pesar de los milenios de evolución, aunque usted sabe mejor.

Me pregunto día tras día por qué la gente no deja de hacer la guerra cuando sabe que no puede ganar, por qué la gente no actúa en lugar de responder siempre después de una tragedia predecible.

¿Por qué el hombre inteligente busca un mundo de reemplazo porque explota tanto su mundo que no puede sobrevivir en él en lugar de dejar de explotar el mundo y disfrutar de su belleza? ¿Por qué William? ¿Dime por qué? ¡Están destruyendo la tierra! El mundo en el que viven. En el que sus hijos y sus hijos deben vivir. ¿Serás capaz de mirar a tus hijos a los ojos a pesar de que sabes que tú y tus amigos han destruido su entorno hoy?"

William no sabía qué decir y sobre todo se sorprendió al ver a Raphael así. Sin embargo, tuvo que empezar a pensar diferente. Durante los últimos días, había surgido que hay mucho más de lo que ha visto y conocido hasta ahora.

También tuvo que aceptar que hay criaturas que los humanos simplemente llaman alienígenas. ¿Pero puedes llamar a alguien extraterrestre si estuviera aquí antes que tú?

La historia no le ayudó con el nombre que estaba buscando. Incluso si estaba seguro de que la formación del Divino Caballero era sobre los caballeros templarios, no había ninguna indicación de si era el gran maestro o el arquitecto detrás de los Caballeros Templarios. ¿O tal vez alguien más por completo? El texto no fue útil.

Miró a Rafael y dijo: "Tengo que ir a un lugar llamado Balginga en 1033 y a un castillo llamado Castro Zolre. Espero obtener más información allí."

Raphael se levantó y fue a pasar el nuevo gol e iniciar todo para llegar lo más rápido posible. William sintió que el avión gigante con su escolta cambiaba de dirección, aparentemente, sabían dónde encontrar el lugar y el castillo.

William continuó escribiendo la nueva información en la pared del alfiler.

Primera renovación en 1033

Cálculo de tiempo no desde el **año 0 d.C.** sino desde el **año 33 d.C.**

Castro Zolre

¿Segunda renovación en 2033?

Dios mío, pensó William, eso será en unos años. Recordó la historia. Dijo quién había participado en la renovación y de qué se trataba. Por último, pero no menos importante, se trataba de no acabar con la humanidad y darles otros 1000 años para probarse a sí mismos.

Richard y Sigrun entraron en la habitación y sólo tuvieron que mirar a William para saber que algo había sucedido.

"¿Estás bien?" Richard le preguntó. William lo miró y respondió: "Creo que la humanidad será eliminada en 2033".

Vaya, eso fue increíble. Richard y Sigrun se miraron y luego dirigieron su mirada a William, quien se sentó y pidió a los dos que hicieran lo mismo. Les contó la historia de la renovación de 1033, luego sobre lo que Rafael le había confiado. Mirando a la gente de hoy y cómo trataron con la Tierra, con las muchas guerras y masacres en todo el mundo, con la contaminación y la explotación de la Tierra hasta el último acontecimiento, no vio futuro para la humanidad.

En 1033, cuando se trataba de renovación, la Federación Galáctica quería empezar de nuevo, y se veía mucho mejor que hoy en día. Y a pesar de que la gente había sido ayudada, les dio un empujón aquí y allá, se comportaron como idiotas completos como si estuvieran aserrando la rama en la que estaban sentados.

William miró a sus amigos interrogando. Sigrun tomó la palabra y dijo: "Vamos a resolver nuestro problema actual primero antes de empezar a salvar el mundo". Los tres tuvieron que reírse porque en realidad no hicieron nada más con la situación actual.

William preguntó: "¿Por qué debería arriesgar mi vida cuando la humanidad será aniquilada y renovada en unos años?"

Richard casi lo golpea cuando le dice: "¿No hablas en serio? Tú eres William Carmichael, mi mejor amigo. El libro te eligió para salvar a la humanidad. ¿Y ahora estás diciendo tonterías? Mientras no haya llegado el día y no se haya tomado la decisión, quiero que pelees. Quiero que uses todo lo que esté en tu poder para hacer que la Federación elija a la humanidad. Espero que den nada menos que el 100% para salvarnos a todos. Prométeme que en algún momento puedo mirar a mis hijos a los ojos y asegurarles que mi amigo hizo todo lo que estaba en su poder para cambiar el destino de la humanidad para siempre. ¡Prométeme, William!

William se levanta y se dirige a Richard que también se había levantado, lo abraza y luego lo mira a los ojos para disculparse. "Lo siento, Richard. Y tú también Sigrun. Lo siento. A veces olvido mi buena educación. Sin embargo, lo que nunca olvidaré son mis dos mejores amigos. Me alegro de tenerte."

Los tres se reúnen frente a la pared del alfiler con las pistas y William aclara los nuevos detalles y sus pensamientos.

Señala que está convencido de que se trata de los Caballeros Templarios y que piensa que el buscado es su gran maestro o el arquitecto que planeó y estructuró a los Caballeros Templarios.

Esperaba obtener más detalles con la última historia y tal vez la última pista definitiva para la persona que estaba buscando, pero no lo era. Se había enterado de que hay una Federación Galáctica, también se ha enterado de que la próxima renovación está pendiente en 2033, hasta ahora la humanidad no lo está haciendo bien.

Miró a sus amigos y preguntó si sabían que existía la Federación Galáctica, los cuales admitieron sin demora. Esa fue la última prueba de la existencia que William necesitaba.

Si sus amigos lo supieran, se convertiría en un hecho para él que ya no cuestionaría.

Hay un castillo mencionado en la última historia donde tuvo lugar la primera renovación. Les explicó a sus amigos que ahora volarían allí para buscar más detalles. Necesitaba algo más. No está donde quiere estar todavía.

Raphael entró y dijo que les tomaría unas 12 horas llegar al aeropuerto de Stuttgart, Alemania. A partir de ahí tendríamos que esperar un viaje de aproximadamente una hora. Los preparativos están en pleno apogeo y se ha hecho contacto con el castillo de Hohenzollern de hoy.

"Se nos espera, y el historiador del castillo vendrá por nosotros. El castillo estará cerrado al público, pero tenemos que estar preparados para que Luce pueda estar en cualquier lugar y en cualquier momento.

Por favor, duerme un poco y descansa. No sabemos cuándo y cómo salir del castillo, así que deberíamos usar las horas de aterrizaje para prepararnos y descansar. Una vez que estamos en el suelo todo el mundo puede vernos y creer que Luce tiene recursos ilimitados. Él sabrá dónde estamos. Eso significa que una carrera contra el tiempo comienza desde el aterrizaje y ninguno de nosotros quiere perderla.

Nuestras unidades de Escocia están en camino a Alemania. Tienes que confiar en nosotros, William. No te defraudaremos", dijo y desapareció de la habitación de nuevo.

Los tres se miraron. Sabían que tenían algo especial y que no les podía pasar nada mientras permanecieran juntos. Sin embargo, ahora tuvieron que bajar del avión de protección y continuar en la carretera. A pesar de todo, tenían la sensación de que viajaban con un grupo que ya había librado batallas épicas. Lo que sea que eso signifique.

Los tres se acostaron en el amplio sofá que estaba en la habitación. Miraron la pared y todos pensaron en ello. No tenían miedo, pero tenían respeto. Era demasiado importante cometer un error ahora. Intentaron dormir.

Sin embargo, William no se calmó. Revisó las pistas en su mente. Luego pensó en Sigrun, en cómo crecieron juntos y en cómo se enamoró de ella sin darse cuenta.

Richard también estaba en sus pensamientos y lo que tal vez no le hubiera dicho todavía. Pasó por todas las notas de adelante hacia atrás y de atrás hacia adelante, la pista estaba allí, sólo tenía que reconocer que pensaba. Se durmió.

Raphael despertó a los tres con el mensaje de que aterrizarían en media hora. Habían dormido más de lo que pensaban. Pero ahora se sentían bien descansados y renovados y también mentalmente sentían que las cosas mejorarían.

Cambiaron y cada uno de ellos ahora tenía que ponerse un chaleco antibalas y un casco. En ningún momento, se les permitió sacarlos hasta que estuvieran de vuelta en el carril p.

Raphael dijo a los tres: "Aterrizaremos en Stuttgart en 10 minutos. El convoy nos espera en la pista trasera y cerrada. Podemos ir directamente a los vehículos y al castillo de Hohenzollern. Tenemos cuatro helicópteros y seis aviones de combate flanqueando. Motocicletas, coches y otros vehículos sellarán el resto del tráfico. Un AWACS nos rodeará por varias millas y nos informará de inmediato si algo sucede. Tenemos tráfico libre al castillo. El mayor contingente de soldados que nos esperan allí ha estado operando fuera de Inglaterra durante mucho tiempo.

Todo por tu protección William. Por favor, haz lo que tengas que hacer, pero no tomes riesgos innecesarios. Tan pronto como tenga su información, veremos que volvemos al avión y tomaremos el aire".

Raphael sale a informar a las tropas restantes. Entonces el anuncio viene a sentarse y abrocharse el cinturón para el aterrizaje.

Sigrun besó a William en la mejilla y le susurró al oído: "Te he estado esperando durante tanto tiempo. Por favor, asegúrese de que no le pase nada y podemos mirar hacia adelante." La miró y asintió con la cabeza. En realidad, se había enamorado desde el fondo de su corazón. Y fue una sensación agradable.

Richard añade: "Si no te importa, yo también volveré intacto". Los tres tuvieron que reírse. William sólo dice, "Sin ti, no estaríamos completos." Cuánto significaba esta frase para Richard que podías ver claramente en él.

Sintieron el touchdown al aterrizar y también cómo funcionaban los frenos. Ahora había llegado el momento. William esperaba que en el castillo encontrara más información que lo ayudara a llegar allí. Sintieron que el avión conducía lentamente hasta el estrado y se detuvo. "Empieza", escucharon decir a Raphael. Y luego se abrió la enorme escotilla del A400M.

Frente a ella había seis nuevos Range Rovers negros blindados. Helicópteros de combate rodearon por encima de ellos. Delante y detrás había vehículos con pistolas montadas. Rápidamente se subieron a los vehículos que se movían rápidamente.

Podrían salir del aeropuerto sin ningún control. Delante y detrás, William también vio coches de policía alemanes protegiendo su convoy. Las motocicletas conducen por delante y detrás y detienen el tráfico para que el convoy pueda conducir sin detenerse. Estaban en la carretera, pero había restricciones de velocidad, pero no para este convoy.

Vinieron al castillo de Hohenzollern después de una hora. desde lejos los tres vieron tropas que se habían construido a la derecha y a la izquierda de la carretera. Helicópteros volaron alrededor como abejas y había fácilmente miles de soldados con una abundancia de equipos y vehículos que bordeaban su camino que conducían al castillo.

Dios mío, pensó William. Sigrun y Richard también ensancharon los ojos y no podían creer lo que veían. Raphael los miró y dijo: "Si te pasa algo, la humanidad pierde. No puede haber suficiente protección hasta que resuelvas el rompecabezas."

Rápidamente condujeron por el sinuoso camino hacia el castillo y pudieron conducir a través del patio del castillo. El historiador del Castillo de Hohenzollern recibió a los visitantes y se podía ver que nunca había visto algo así.

"Bienvenidos al Castillo de Hohenzollern", respondió el historiador, "¿Qué nos da el placer de su visita?" Se podía ver que realmente quería saber lo que significaba toda esta extravagancia. Nunca tuvieron un visitante que viniera con helicópteros de combate y medio ejército.

"Mi nombre es William Carmichael y estoy en una misión que es simplemente sobre el futuro de la humanidad. Y he llegado a un punto en el que no puedo llegar más lejos. Y nos estamos quedando sin tiempo."

"Nosotros en el castillo de Hohenzollern y la familia real prusiana siempre hemos servido al pueblo. Y eso no cambiará ahora. ¿Por favor dime cómo podemos ayudarte?", dijo el historiador, entregando la palabra a William.

"Cuando el castillo fue construido en el siglo XI, esto fue encargado por una persona cuyo nombre e identidad estoy buscando. ¿Tiene alguna información, documentos, escritos desde el momento en que se construyó el Castro Zolre?"

El historiador le dijo a William que su familia había estado involucrada en la historia del castillo antes que él y que, según la leyenda, había una puerta secreta a una habitación en las casamatas del castillo. La leyenda dijo que un día un hombre vendrá a revelar el secreto de la habitación y su contenido. El historiador mira a William y comienza a temblar y tartamudear ligeramente. ¿La leyenda se hace realidad hoy en día?

"Ven conmigo", le dice a William, y todos se dirigen a la entrada del sótano y a los compañeros de caso. Una vez en la parte inferior, William busca un letrero que pueda indicar la habitación secreta. Y en una pared, detrás de los brazos de los prusianos, ve una pequeña abertura que ya ha visto en Oxford. La llave alrededor de su cuello de nuevo demuestra ser el abridor de la puerta a una habitación secreta.

William lentamente pone la llave y de inmediato se oye un clic, silbidos y cadenas desde el interior de la habitación. Después de un tirón y un polvo extenso, se abre una puerta secreta y toda la pared desaparece, permitiendo el acceso a una habitación que estuvo cerrada durante casi 1000 años.

En el centro de la habitación, ven un estante con una caja. Además de eso, no hay nada más en toda la habitación. William entra y mira la caja. También hay una abertura para la llave en la caja. ¿Así que sólo una llave de una puerta en Oxford? Hoy la llave abre una puerta secreta de 1000 años de antigüedad y revela un secreto que es igual de viejo. William lentamente pone la llave, y la caja se abre.

William saca un pergamino que dice,

CUSTODIOS DE SANG REAL

William está decepcionado porque esperaba encontrar un nombre y tener la solución lista. Toma el pergamino y sale de la habitación, lo cierra detrás de él y regresa. Cuando llegan al patio, el grupo se detiene.

Frente a ellos se queda solo y solo un hombre que bloquea su camino. Cientos de soldados, helicópteros de ataque, aviones de combate y el mejor equipo que se puede comprar y sin embargo hay este hombre. Rafael salta delante de William y se interpone entre él y el hombre.

"Hola Luce", dice Raphael, "me preguntaba cuándo ibas a aparecer".

"Hola hermano. Mucho tiempo no visto. Este es el héroe de esta historia", dice Luce y mira en la dirección de Williams, "¿No podría elegir a alguien que tiene al menos una pequeña oportunidad?"

"Sabes que el libro elige a quién quiere y que nadie puede influir en él. ¿Qué quieres Luce?" Raphael le pregunta a su hermano. Este último lo mira y sonríe: "Lo mismo de siempre. Quiero tener lo que tienes y lo que mi padre ha mantenido lejos de mí."

Raphael responde en un tono severo: "Esta no es la lucha que estamos peleando aquí. El libro y sus secretos no tienen nada que ver con lo que nuestro padre te hizo o no te hizo. La gente ha muerto para proteger el libro y William. Buenas personas, padres e hijos sólo para luchar una pelea innecesaria. Ya deberías saberlo mejor Luce."

"Ninguna pelea es innecesaria. Sabes que no he hecho nada que afecte a la humanidad. Luché por ti y tú me traicionaste. Ninguno de ellos se salvará como si no me hubieras perdonado. Esta pelea aún no ha terminado."

"William!" Luce llama en dirección Williams. "Si yo fuera tú haría las paces.

En 1-2 días, te enfrentarás a tu Creador. No puedo ni permitiré que me arriesgues. He esperado demasiado. Cuida de hermano. Nos veremos muy pronto", dice Luce, da la vuelta a la esquina y de repente se ha ido.

¿Qué? ¿Cómo? Tan espontáneamente como apareció, desapareció de nuevo. William y el historiador no podían creer sus ojos

Nadie parecía sorprenderse por la repentina desaparición de Luce, así que William se dirige a Raphael: "¿Qué acaba de pasar aquí? ¿Cómo podría desaparecer después?"

Raphael responde: "Deberías ser consciente de lo que dijo. Luce piensa que le ha pasado injusticia y ahora quiere acabar con todo el mundo. Y como eres el elegido, tenemos que protegerte aún mejor. Ya pensé que aparecería de una manera u otra. Escúchame y ten cuidado. Luce no es un humano. ¡Así que ten cuidado!"

"¿No es humano? ¿Qué más?" le pregunta a William.

Y Raphael responde: "Si adivinaste eso, entonces tienes el nombre que estás buscando. Estás tan cerca de eso. Ábrete tú mismo. Ahora salgamos de aquí lo antes posible."

Dijo. Hecho. Se despiden del historiador, que aparentemente tuvo el día de su vida. Una sonrisa de oreja a oreja adorna su rostro. Aunque no sabe lo que estaba presenciando.

Se suben al convoy de vehículos y corren por la montaña. Cuando William mira hacia atrás, ve el contorno del castillo, que está iluminado por el sol por detrás. Esa debe ser la opinión sobre la que había leído. El momento en que el sol besa la montaña.

Condujeron por la carretera, delante y detrás protegidos por una multitud percibida y la policía, que bloquean todas las calles en sus motocicletas para que el convoy pudiera conducir. Una buena hora más tarde, llegaron al avión en el aeropuerto de Stuttgart sin más incidentes. No pierden el tiempo. Se suenen y desaparecen en el cielo.

Raphael le dice a Michael que Luce estaba allí y lo que dijo. Michael no se sorprende porque conocen a su hermano. Y lo aman, ese nunca ha sido el problema. Luce simplemente no puede superar el hecho de que se siente tratado injustamente, y piensa que su padre prefería a los demás. Y se venga de todo y de todos los que se ponen las manos.

Ojalá pudieran encontrar la manera de llevar a su hermano a la razón. Desafortunadamente, no había esperanzas de que esto pudiera suceder en los próximos 2-3 días.

La condición del paciente había empeorado. No sería capaz de soportarlo por mucho tiempo. Diez días es mucho tiempo si no tienes un remedio para usar. Los valores se deterioran de una hora a una hora. Michael y el profesor están con el paciente continuamente. Si los necesita, estarán allí con los medios a su disposición.

Sólo tenían un problema ahora. Con el vuelo a Alemania, ya no tuvieron demasiado tiempo para dirigirse a un aeropuerto seguro donde se puede leer la nueva historia. Decidieron volar a las Azores. Esto era posible desde lejos y había una base que nadie conocía.

Mientras tanto, William estaba con Richard y Sigrun en la pared del pasador para agregar la nueva nota.

CUSTODIOS DE SANG REAL

Sea lo que sea, pensó y lo escribió en la computadora.

Guardián de la Sangre Real. ¡Aha! William nunca había oído hablar de esto y entra sang real y sangre real y una pista y los informes aparecen señalando al Santo Grial. El Santo Grial. Eso encaja con el pensamiento de William. Estaba seguro de que se trataba de los Caballeros Templarios, y el Santo Grial encaja como un puño en el ojo.

Sin embargo, eso todavía no le dice qué persona es. Y el tiempo se estaba acabando. No quería pensar que podría fracasar, pero la arriesgada parada en Alemania no lo había conseguido en ninguna parte. Eso es lo que pensó.

Apareció la luz blanca, lo que indica que la nueva historia había aparecido en El libro de los Caballeros Templarios y estaba a punto de ser leída. Le informó a Rafael y le dijo que todavía tenían dos horas para volar y usar estas dos horas para la lluvia de ideas.

Pero lo que intentó, cualquier teoría que intentara, y lo que pusiera en la computadora, los Caballeros Templarios y el Santo Grial siempre llegaron. Y él estaba en ese momento antes.

"Aterrizaremos en diez minutos", llegaron los altavoces. William se preparó. Se puso su chaleco antibalas y se encontró con el equipo de campo en la escotilla después de aterrizar.

Después de que salieron, Raphael se alejó un poco más del avión. La visita de Luce al castillo le había advertido. Luce tenía algo en mente con la visita y hasta que se enteró de lo que era, quería estar en el lado seguro. Les tomó casi diez minutos llegar al edificio.

Raphael puso seis guardias frente a la casa.

William entró solo, sentado en una mesa vacía.

Sacando El Libro de los Caballeros Templarios y empieza a leer la nueva historia....

DIONISIO EXIGUUS

525 DESPUÉS DE LA LORD

... en el año 284 d.C. Diocletan, fuimos a Roma a buscar al monje Dionisio Exiguus. Para el ciclo de renovación de 1000 años, necesitamos una nueva forma de calcular. En todo el mundo la gente utilizó su propio cálculo de tiempo, pero si quisiéramos luchar por este mundo juntos, también tendríamos que pensar en algo tan profano y, sin embargo, tan importante como la unificación del cálculo del tiempo.

Nuestro viaje nos llevó desde Tolosa a través de Franci a través de Borgoña a Italia. Un camino muy difícil. Rómulo Augustulus fue depuesto hace 50 años y desde entonces se han temido ataques de todos los bandos.

El gran Imperio Romano, que me había llevado a través de la vida, me humilló, me lastimó y me alejó, fue atacado por alemanes, hunos y persas. Sin embargo, no sentí tristeza ni alegría. En lugar de los decadentes Césares, vinieron otros gobernantes, y nuestra tarea era clara.

Unificar y difundir la fe por todo el mundo.

Pablo fue enviado a Roma hace muchos años y supo convertir a la gente en nuestra fe. Lo entendió tan bien que convirtieron a Roma en el cuartel general de nuestra fe en la tierra.

Esto no era lo que queríamos. Una creencia vive en el corazón de una persona y no necesita una casa.

En ese momento, el monje Dionisio Exiguus tradujo escritos patrísticos al latín. También fue el guardián de las resoluciones del consejo y de todos los decretos papales. Desde que era un hombre educado, tuvimos que usar un truco para persuadirlo de revolucionar el tiempo en nuestro sentido.

Uriel se llevó al monje con él, para que pudiera mirar al pasado. Le mostró la época en que el Mesías vagaba por Galilea, Samaria y Judea y daba esperanza a los creyentes. El momento en que restauró la vista a los ciegos y sanó a los discapacitados. Le dio esperanza a la gente.

Dionisio estaba entusiasmado con nuestro Mesías y quería ver cómo se desarrolla esto.

Uriel lo llevó al futuro. Le mostró las misas de Pascua en la Plaza de San Pedro de Roma y le mostró las misas dominicales en América y Europa. Le mostró matrimonios y le mostró orando por la gente en el futuro. Le mostró todo el bien que la fe puede hacer.

A mis órdenes, Uriel ocultó lo que sucede si hace mal uso del nombre y la fe del Señor y libras la guerra en su nombre y matas a la gente.

Nunca quiso que mataras en su nombre.

Nunca quiso que se librase una guerra en su nombre.

Dionisio Exiguus regresó iluminado del viaje con Uriel. Durante muchos días después, nos llenó de preguntas que estábamos encantados de explicarle. Uriel lo llevó a lugares que quería ver, y le dimos lo que necesitaba para comenzar el cálculo del tiempo para nosotros.

Sucedió que Dionisio Exiguus, gracias a su conocimiento y estatus en Roma, prevaleció que la era 284 d.C. Diocletan ya no era válida.

<u>Eran 525 ANNO DOMINI. El año 525 después del nacimiento de</u> Cristo.

A partir de ahora, todos en todo el mundo tuvieron que usar el mismo calendario y vivir de acuerdo con los mismos valores.

Nuestros discípulos acudieron a convertir cada conde y gobernante en su camino hacia nuestra fe y la nueva era.

A partir de ahora tuvimos 500 años hasta la primera renovación. ¿Cumpliríamos con los requisitos de la Federación Galáctica? Esto fue creado por la humanidad para extraer el oro que la Federación necesitaba.

Sin embargo, las violaciones de los mandamientos del Señor aumentaron. ¿Cómo pueden las personas llenas de pecados hacer justicia a sus creadores?

La Federación Galáctica había dejado su planeta natal, Nibiru, para encontrar y extraer oro en nuestro sistema solar. El primer planeta que elegiste. no era nutritivo. Por decepción, decidieron destruir todo el planeta. El cinturón de asteroides entre Marte y Júpiter es todo lo que queda del planeta 13 original en nuestro sistema solar.

No se me permitió identificarme, pero tampoco podía arriesgarme a que la tierra fuera la misma. La Federación había demostrado que pueden destruir un planeta, y también demostraron que, si no ven ningún punto en la existencia continua del planeta o sus habitantes, lo harán. Era mi deber hacer todo lo que estuviera en mi mano para hacer a la gente útil y aprobar su existencia continua.

Los Anunnaki provenían de Nibiru y creaban humanos a partir de partes de su ADN. Sólo el hecho de que sus propios guardianes se aparearon con mujeres humanas llevó al 2501 a. C. La inundación vino en lugar de la destrucción de la Tierra. En ese momento querían destruir la Tierra y seguir adelante porque el hombre fracasó y se había convertido en pecador, el hecho de que ahora había muchos nefitas entre los hombres y sus padres se rebelaron contra la destrucción de la Tierra y con ella también su familia para que el diluvio acabara con parte del mal y comenzara de nuevo.

Nibiru pasa por la Tierra cada 3600 años. Ese fue el ciclo en el que la Tierra y los humanos tuvieron que ser perfectos para seguir existiendo durante otros 3600 años. Fue entonces cuando comenzó mi examen.

Me revisarían cada 1000 años para que los Anunnaki pudieran reaccionar si yo o la humanidad fallaban. La primera renovación estaba prevista para 1033. La gente pensaba que la hora del día contaría desde el primer año, la gente era tan ingenua que pensaban que uno podía matar al Hijo de Dios, pero que había tantas cosas que podía hacer con su nacimiento, sus malas intenciones, su vida y su muerte.

Los Anunnaki dejaron claro que el año 1 dC era el momento de la resurrección. Fue entonces cuando comenzó la vida real de Jesucristo y fue entonces cuando se basarían mis 1000 años y el calendario de Anunnaki.

En 1033 y 2033 d.C. tendría que responder a sus preguntas y pedir perdón por la mala conducta de la humanidad y asegurarles que todo sería perfecto hasta la llegada de Nibiru y que la gente haría lo mejor posible para que la Tierra lo preservara.

Sin embargo, tampoco se me permitió mentir. Así que podría dar lo mejor de mí, pero al final, correspondería a la propia gente si se les permitió seguir existiendo o si se debería proporcionar un nuevo diluvio para corregir los errores antes del año 2900 d.C. y la llegada de los creadores y uno mejor para crear personas.

Los Anunnaki habían creado un calendario con el pueblo Maja que iría hasta el año 2000 d.C.

Sin embargo, el calendario de Anunnaki estaba destinado y eso daría lugar al año 2033 d.C.

Si en el momento de la segunda renovación en 2033 la humanidad no ha demostrado ser digna de vivir en este mundo, si no hubiera cultivado y preservado la Tierra que representa su patria por todos los medios, y si no han demostrado ser dignos en caridad y han jurado sus pecados mortales, entonces después de la renovación en 2033 ad otra inundación vendría sobre todo el mundo para erradicar el mal que el hombre llama de la raíz.

Los Anunnaki no dudarían en exterminar a las familias neflim, porque ningún ser en el sistema solar puede ser autorizado a destruir, obligar y explotar el planeta en el que vive.

Además, la Tierra no era un planeta normal. Era el planeta más hermoso del sistema solar con arroyos y ríos tan frescos y refrescantes como nunca han estado en ningún otro lugar, bosques y prados tan verdes y fragantes tan únicos que esta creación nunca ha tenido éxito y montañas, extensiones, estepas, desiertos, selvas, océanos, todas las fuerzas de la naturaleza y bellezas que existen sólo una vez en el sistema solar.

¿Qué criatura sería tan analfabeta no entender que es un regalo vivir en este lugar, que es un regalo respirar este aire y que es un regalo que se le permita beber esta agua, disfrutarla y sentirla?

¿Podría haber una criatura que pasaría el don de la vida destruyendo el planeta, los bosques y prados, los arroyos, ríos y océanos y las montañas y desiertos?

Esto nunca podría ser el ser que el Señor creó. ¡No es posible!

La gente es gente inteligente. Son educados y tienen la comprensión de que uno no debe explotar el planeta en el que uno vive. Que uno no daña a otros seres humanos y que uno tiene que cuidar de los más débiles si no pueden cuidar de sí mismos.

Para ello, a las personas se les dio todo lo que necesitaban para pasar las pruebas.

William cerró el libro, lo empacó y salió corriendo del edificio. Raphael le agarró del brazo y lo arrastró lejos del edificio. Un misil se dirigió directamente al edificio. La detonación arrojó a los dos por el aire. Ambos golpearon el suelo muy fuerte. William tenía dolor en el hombro y el brazo derecho, abrasiones por todas partes y una laceración en la cabeza. "¡Le levantas!" gritó Raphael. Las bombas cayeron a su alrededor. William sintió que estaba en guerra.

Zigzaguearon con el coche para evitar los misiles. Pero estaba lejos de ser fácil. Luce debe habernos seguido desde el castillo, pensó Raphael. Condujeron tan rápido como pudieron en el terreno sin asfaltar. Sólo quería llegar al avión lo más rápido posible antes de que un cohete impactó allí.

Estaban en las inmediaciones del avión cuando vieron desde la distancia que incluso las tropas terrestres estaban involucradas en la lucha. Los Templarios lucharon por sus vidas y parecía como si los refuerzos a los hombres de Luce no se detuvieran.

La escotilla del avión estaba abierta y cuando el piloto vio a Raphael poco a poco comenzó a moverse. Mientras conducía con la escotilla abierta, Raphael alcanzó el avión y entró en el avión en coche. El piloto inmediatamente dio todo el empuje y cuando la escotilla cerró el avión pesado despegó. Incluso mientras la máquina estaba subiendo, oímos señuelos siendo lanzados y golpeados por misiles que explotaron terriblemente cerca del avión.

William y Raphael se miraron. Ambos necesitaban una visita al médico, pero no era tan malo que no pudieran hacerlo con unas cuantas tiritas y un vendaje. William estaba lejos de rendirse, la tarea era demasiado importante para eso.

Richard y Sigrun fueron al médico. Ella estaba preocupada por su William, pero él había crecido enormemente en los últimos días. Y para mejor.

El avión ronroneó tranquilamente a la altitud ideal. Raphael y el equipo de crisis ya estaban planeando dónde parar para la penúltima historia.

Esa fue la penúltima historia, y tan lentamente William debería saber quién era. Tuvieron que ayudarlo de alguna manera sin romper las reglas y sin darse cuenta de que su rompecabezas estaba siendo resuelto para él.

Raphael hizo que Richard y Sigrun vinieran a él. Les dijo que ellos, y el equipo de crisis, deberían guiar a William en la dirección correcta. Dos días y llegó la batalla por la humanidad.

Dos días que decidieron si los próximos 1000 años serían buenos o malos. Los tres estuvieron de acuerdo en que William estaba casi tan cerca de la solución que tropezaría con ella sin entenderla.

William pensó en la última historia y tenía miedo. La segunda renovación seguiría en 2033, y el consejo galáctico de nueve y las primeras filas de los líderes mundiales se reunirían y darían consejos sobre si la gente debería recibir otros 1000 años o no.

Estamos a sólo unos años de la segunda renovación, la Tierra está al acecho bajo el hombre que explota sus recursos básicos y lo deja roto.

La naturaleza está despejada o contaminada con humos de escape. Hay guerra en todo el mundo en lugar de usar el dinero para luchar contra la hambruna. Hay tanta miseria y sufrimiento en este mundo y que, aunque hay suficientes maneras y medios de que nadie tenga que pasar hambre o vivir en la calle.

¿Y debería juzgarse este mundo? Hasta la llegada de Nibiru, la Federación Galáctica ordenará un nuevo diluvio y limpiará el mundo, la naturaleza en la tierra brotará, las aguas estarán limpias y no habrá más hambrunas.

William miró a Sigrun y Richard y dijo: "¡Estamos realmente perdidos!"

Los dos lo miraron y esperaron una explicación. Entraron en la sala de conferencias con la pared del alfiler y poco a poco más del equipo de crisis llegó.

"En 2033 habrá una segunda renovación", comienza William, "allí la Federación Galáctica decide si la humanidad tendrá otros 1000 años en la Tierra. Pero mira la Tierra. Lo hemos masacrado. Los desastres naturales están aumentando, los tsunamis se acumulan, cada vez hay más.

Hambrunas caseras. La gente duerme en las calles y en lugar de construir alojamiento para ellos y darles algo de comer, nosotros los humanos libramos la guerra. La Federación Galáctica no tiene ninguna razón para dar a la humanidad otros 1000 años. La humanidad busca una Tierra sustituta en lugar de cuidar la Tierra en la que vivimos".

Richard añade: "Así es. Tendremos este problema en 2033. Y si no empezamos a cambiar nuestras acciones lo antes posible, la Federación no nos permitirá usar su tierra por otros 1000 años. No nos permitiría con la situación actual. Pero ahora, aquí y hoy, tenemos otra tarea que resolver y cuando esto se hace, todos nos dedicamos a la siguiente tarea".

Sigrun sonrió y agregó: "Nuestro Richard todavía se está convirtiendo en diplomático. Pero tiene toda la razón. Vamos a ver lo que ya tenemos y si podemos ayudar a William.

Miraron la pared del alfiler y William explicó sus pensamientos. Les cuenta las muchas historias sobre los Caballeros Templarios y cuando parecía seguro de que la Federación Galáctica fue añadida.

De repente se hizo realista que Leonardo da Vinci viera el futuro y el pasado con Uriel. Los Caballeros Templarios custodiaban el tesoro de los tesoros.

Espera. Si eran responsables del tesoro de los tesoros y todavía existen hoy en día, ¡el tesoro también debe existir!

Las historias que había leído hasta ahora lo llevaron de hoy a 500 d.C. Se trataba del tesoro, los Templarios, la Federación, los Castro Zolre y así sucesivamente. William volvió a pasar por los hechos y luego comenzó de nuevo.

El dueño del libro debe ser inmortal o no era humano.

¡Bam!

Allí estaban Richard y Sigrun mirándose y estaban felices.

"Sigue así", animaron a Billy. Recibió un beso de Sigrun y continuó.

Ok, inmortal o no humano. Pero tiene que ser humano porque aparece como un humano en todas estas historias. Eso probablemente significa que es inmortal. ¿Y quién es inmortal?

William estaba seguro de que podía encontrar la respuesta de nuevo. Estaba seguro de que iba a encontrar la respuesta. Y era lo mismo. Sus compañeros de equipo no podían creer lo cerca que estaba, pero no sabían si sabría quién era en las mismas condiciones.

Es sólo sobre la humanidad. Sin añadir presión, William susurró, sabiendo que tenía que hacerlo. El fracaso ya no era una opción. Vio a la gente a su alrededor morir por él sin dudarlo de pie entre él y las balas. Le debía a esta gente resolver el rompecabezas.

Se volvió hacia Rafael: "¿Qué le hizo tu padre a Luce que lo hizo tan malo? ¿No puede haber nada tan malo que la gente sea asesinada arbitrariamente por ello?"

Raphael lo miró y sabía que no podía responderle directamente, pero podía darle un tirón: "Si descubres lo que es especial sobre mis hermanos y yo, entonces te prometo que también descubrirás lo que es sobre el dueño del libro. Y si no te enteras solo entonces te lo diré." William estaba satisfecho con eso.

Sigrun trajo a William un teléfono celular, su madre estaba en la línea, "¿Cómo estás, hijo mío?" Preguntó en voz baja. William estaba tan feliz de escuchar tu voz y respondió: "Siempre mejor mamá. Estoy manejando la situación y la presión. ¿Pero cómo estás? ¿Cómo estás, mamá?"

"Estoy bien otra vez, William. Tan pronto como todo termine, quiero que nos vayamos a casa juntos y realmente dormimos. Estoy preocupado por ti."

Se sintió tan bien. Carmichael con todo su corazón y no podía esperar para abrazarla de nuevo.

"Tan pronto como haya resuelto el rompecabezas, iré a casa inmediatamente. Te lo prometo."

"Eso es bueno mi hijo. Por favor, transmita los mejores deseos al resto de la tripulación. Dos días más y el drama tendrá un final." Ella sabía que era potencialmente mortal para William y que tal vez nunca lo volviera a ver, pero se trataba de alentarlo y decirle que lo amaba. Y lo hizo con una lágrima en el ojo.

Se dieron cuenta de cómo William tenía que tragar. Pero fue en el buen sentido. Todos mantuvieron los dedos cruzados para que pudiera hacerlo. Y no quería decepcionar a toda esta gente.

Creo que he recorrido un largo camino. He estado en el camino del dueño que pasó por casi 2000 años. Todavía tengo dos historias y estoy seguro de que puedo nombrar al propietario después.

Tal vez averigüe el secreto de Raphael. Ese sería otro gran paso en el camino. William de repente se sintió como recién cargado. Eso estuvo bien.

Dos días para conocer al paciente en Jerusalén. Rafael le preguntó a William si ya sabe exactamente dónde tienen que encontrarse en Jerusalén. Y él responde que es el olivar donde Jesús fue crucificado.

Una de las historias decía que en Portugal nombraban una iglesia en honor al olivar donde Jesús fue crucificado. Y creo que esta era la referencia al olivar.

Rafael vino a decirle que todo el personal está asumiendo que Luce sabe que la reunión se está llevando a cabo en Jerusalén. Dado que el paciente es muy débil y el olivar ya no es reconocible como tal, muchas personas se reunirán en Jerusalén. Para evitar la muerte, tendremos que acordonar parte de Jerusalén para el momento de la reunión o tendremos que aguantar con fuerza hasta que William diga el nombre del propietario en voz alta.

Esto significaría una pelea abierta. En el centro de Jerusalén, el lugar más sagrado para los cristianos. Eso sería una masacre. Esto no puede ser en interés de todos los participantes. Rafael le dijo a William que se encargaría de Jerusalén y que coordinaría esto con sus hermanos.

El paciente tiene que llegar al lugar de la reunión y estar allí por su cuenta. William tenía que estar en el mismo lugar, al mismo tiempo, y vivo para decir el nombre en voz alta.

Si el nombre y el lugar fueran correctos, habrá una señal que se verá desde el Cielo que nadie puede pasar por alto. Sin embargo, si el lugar o el nombre está mal, un signo se levantará del infierno. Tan oscuro y tan malo que nadie puede perderse.

Todos empezaron a prepararse. Ahora los tres amigos finalmente tuvieron unos momentos para sí mismos.   Era hora de algunas respuestas, pensó William.

"Richard. Dijiste que no sé todo sobre ti, y me lo dirías. ¿Estamos tan lejos que puedes decirme franca y honestamente qué secreto es el que se interpuso entre nosotros que no se te permitió revelar?"

Richard mira a Sigrun y luego se vuelve hacia Billy. "Está bien. Soy un Guardián." William lo miró y luego le preguntó: "¿Qué significa eso?" Richard continúa: "Soy parte de la Federación Galáctica, solía caminar sin ser detectado entre la gente. Los otros guardias observan e informan al Consejo Galáctico.

El Consejo me pidió que le protegiera. Con mi vida si es necesario."

William se río: "Creo que es encomiable. Te lo agradezco. No conseguimos encontrar tu ubicación exacta. Se volvió hacia Sigrun y continuó: "Ahora es tu turno. ¿Qué secreto no has podido decirme hasta ahora?"

Sigrun se volvió hacia él y le respondió: "No quería asustarte. Por eso pensé que me lo había guardado para mí. Por cierto, Richard lo sabe, y le pareció divertido. Soy una Valquiria.

Y aparte de la parte que somos guerreros, hay un detalle que puede ser muy bueno o muy malo".

William la interrumpió: "No lo hagas tan emocionante. Me estoy asustando ahora."

Se rieron y Sigrun continuó: "Sólo puedo enamorarme una vez en la vida. Y amo a esta persona hasta el final de mis días. Y me enamoré de ti."

William la miró y por un momento no pudo decir si era bueno o malo.

"Yo también me enamoré de ti. Y no tengo intención de cambiar eso pronto. Te he amado durante mucho tiempo. Y ya no puedo imaginar una vida sin ti." Abrazó a Sigrun y la besó.

"Si sobrevivo en los próximos días, tenemos que tomarnos el tiempo para contarnos todos los secretos entre nosotros", dijo William y con todo el humor estaba claro para todos que podría terminar en los próximos días.

William les pidió que buscaran algo de comida para que pudieran seguir trabajando. William se quedó atrás y miró sus pistas de nuevo. Sintió que estaba cerca de eso.

Pasaron la noche elaborando un diagrama para clasificar mejor la secuencia cronológica. También hicieron un diagrama en la dirección opuesta al mismo tiempo. Esto ayudó inmensamente porque ahora se podía ver de dónde venía el dueño y hacia dónde había ido.

El equipo logró escribir ideas y sugerencias en abundancia en la pared del alfiler esa noche. Todos ayudarían a William. Y aunque todos, excepto William, sabían quién era el dueño del libro, no podían decírselo. No es tan fácil, pero el libro tiene las reglas que van con ellos y todo el mundo tiene que seguirlas.

"¿Qué pasa con el libro después de adivinar el propietario correctamente?" William le preguntó a Rafael y a todo el grupo. Raphael trató de responder: "Esta será la primera vez que el libro cambie de manos. Tan pronto como haya nombrado correctamente el nombre del propietario, el libro está libre de pájaros, por así decirlo. A partir de entonces está a la espera de ser abierto de nuevo. La última persona en sostener el libro antes de abrirlo es el nuevo propietario del libro. Diez nuevas historias de la vida del nuevo propietario aparecen de nuevo y el que abrió el libro haría bien en averiguar el nombre del propietario".

"¿Qué pasa si Luce sostuvo el libro por última vez o lo abrió y no pensó en averiguar quién era el dueño?", pregunta William.

"Esa es una buena pregunta", responde Raphael, "y todo el mundo debería recordar eso. Si Luce u otro villano pone sus manos en el libro, puede sumergir el mundo en 1000 años de oscuridad al no determinar deliberadamente el nombre del propietario. Estas son las reglas del libro. Si Luce o uno de sus hombres entra en posesión del libro, espero que todos hagan todo lo posible para que no abra el libro".

Ese era un detalle importante, y nadie lo había pedido porque aún no era relevante. Pero ahora el día se acercaba y cuanto más sabías, mejor preparado estabas, mejores oportunidades tenías de sobrevivir a la décima historia.

Hicieron las maletas y fueron a sus habitaciones. William estuvo despierto durante mucho tiempo, pensando en las palabras de Rafael. Tuvo que tener cuidado de no dejar que Luce tuviera las manos en el libro. Todo el esfuerzo, los sacrificios y todo lo que han hecho en los últimos diez días habría sido en vano. Eso no podría pasar.

William apagó la luz y se durmió. El tono apagado de los engranajes le ayudó a conciliar el sueño.

Durmió bien y largo y a la mañana siguiente se despertó casi descansado y listo para el penúltimo acto en busca del dueño del libro.

Sigrun vino a su habitación y se acueste con él bajo las sábanas. Todavía estaban allí cuando Richard los llamó para desayunar. Si no hubiera tenido el amargo regusto de la muerte, esto sería unas vacaciones de aventura, pero sería una carrera contra el tiempo y el futuro de la humanidad.

Después del desayuno, todos descansaron en la sala de conferencias y examinaron el trabajo del día anterior.   Esta tripulación era fenomenal. La colaboración funcionó bien, y se entendieron casi sin palabras. Esa era la gente que quieres tener a tu lado en un día como este.

La nueva y penúltima historia apareció poco antes del mediodía.

Raphael eligió el lugar perfecto para esta historia. Aterrizamos junto a las Líneas Nasca en las colinas de Perú.

Lejos y ancho no hay edificio que puedas bombardear juntos.   Sólo desierto y tierra estéril.

Construyeron un refugio improvisado para William que lo protegió del sol, el viento y el clima mientras leía la historia.

William se dirigió al refugio, se sentó y comenzó a leer.

MARÍA

... Antes de abrir los ojos, noté un maravilloso, agradable y calmante aroma de agua de rosas, cuando abrí los ojos ella estaba allí, María

Me abrazó y lloró. A pesar de todo lo que había pasado, sentí que estaba en el regazo de Dios. Dirigió a los discípulos y a todos los presentes. Habíamos recibido instrucciones claras de Poncio Pilato para salir de Jerusalén para que mi vida se salvara.

Ella habló en voz baja: "¿Los humanos matan al hijo del hombre que creen que es el creador del mundo?

¿El hombre que los consuela, los llama a hacer el bien y a mantenerse alejados de los pecados mortales? ¿Es este el mundo en el que queremos vivir? ¿Son estas las personas que quieren entrar en el reino de Dios? Creo que todavía tenemos mucho trabajo por hacer, pero no podemos hacerlo si nos oponemos a Poncio Pilatus y todos mueren aquí".

Ella miró a cada uno y luego continuó: "Salgamos de aquí juntos y llevemos nuestro mensaje al mundo. Puede tomar un poco más de tiempo, pero podemos llegar a mucha más gente si actuamos sensatamente, empacamos nuestras cosas y salimos de Jerusalén. Tenga en cuenta que la gente no debe saber nada al respecto, de lo contrario tenemos que contar con la venganza de Poncio Pilatus, a quien no podemos contrarrestar en este momento."

Los discípulos y los presentes estaban, por supuesto, en su opinión. Después de todo, fue María, la primera discípula, la mujer que dio a luz al hijo del Salvador. ¿Quiénes iban a contradecir a esta sabia mujer? La seguirían hasta el fin de este mundo y sus días.

Me prepararon para el viaje.   Me pusieron en un carro tirado por burros. Salimos de Jerusalén esa noche. Mi corazón estaba roto, sin embargo, acepté la tarea de ser fuerte para todas las personas que nos siguieron.

Cuando María vino a mirar mi herida, se dio cuenta de que se había cerrado bajo una luz divina brillante. Me levanté para no parar la caravana y así llegamos al puerto de Alejandría en la mañana del séptimo día.

Poncio Pilato era un líder sabio. No quería la guerra, pero también se dio cuenta de que no habría paz mientras ambas partes estuvieran en Jerusalén. Tenía que decir una palabra de poder y sus acciones hablaban por sí solas.   Sin embargo, nos proporcionó comida, dinero y barcos para nuestro cruce. Cuanto más rápido nos hayamos ido, más pronto volverá la paz.

Esta es la firme convicción de Poncio Pilatus. No lo he visto desde ese día, pero después, tuve que admitir que estábamos en un punto en el que nadie podía volver. Si hubiera disminuido, Roma habría ideado un ejército, porque representaba a Roma aquí. Si nos hubiéramos rendido, habríamos calumniado a Dios.

Desafortunadamente, la gente piensa que el equilibrio de poder siempre debe llevarse a cabo con sangre.

Dios dijo claramente,

... "El Mesías que regresa regresará como rey de reyes y destruirá a los enemigos del cristianismo con el soplo de su boca."

Así que sólo con la Palabra de Dios. Ahora nos corresponde preparar al mundo para el regreso del Rey de reyes y difundir la palabra de Dios por todo el mundo. Y cuando decimos el mundo entero, nos referimos al mundo entero.

Dios está siempre y en todas partes. Consuela a los pobres y al sufrimiento y da consuelo a los perdidos.

La líder de Judea escapó ahora con el santo grial en ella de la tierra prometida, de ambas patrias. El objetivo era la segunda comunidad judía más grande en ese momento, y esto era galo.

Nuestra caravana salió de Alejandría para cruzar la MARE INTERNUM NOSTRUM hacia creta.

En todos los países en los que nos detuvimos, nos acercamos al pueblo y proclamamos la palabra de Dios y la profecía del Mesías tan pronto como la gente resultó digna.

Desde creta, fuimos a Achala y de allí a Macedonia. La gente nos recibió calurosamente, nos dio comida, bebida y alojamiento. Escucharon el sermón de María con interés y se convirtieron al cristianismo. Nuestro viaje nos llevó al sur de Italia a Sicilia, luego a Cerdeña y finalmente a Córcega antes de llegar a la costa de Gallia, 12 años después de que comenzara nuestro viaje en Jerusalén.

Aterrizamos con nuestros barcos en Sainte-Marie de la Mer en el sur de la Galia cerca de Massilia. Con nosotros en el barco estaban Mary y los dos niños, Mary Jacobea, Mary Salome y el tío José de Arimetrea. Algunos de los discípulos todavía estaban allí, la mayoría fueron enviados por María para hacer la obra de Dios y difundir la palabra de Dios. En todos los estados en los que detuvimos a los discípulos nos proponíamos proclamar la palabra de Dios. Los discípulos proclamaron la palabra de Dios en el nombre de María en Macedonia, Dalmacia, Italia, África, Hispaniam Auretania, Siria, Arabia, Galitia, Tracia. También fueron a Germania, Gran Bretaña a Asia y dondequiera que su fe los llevara.

La palabra de Dios no conocía límites, sino el espíritu del hombre aún más.

María no se tomaba un descanso cuando llegaba a la Galia, enviaba al resto de los discípulos, pero cuidaba de su familia y difundía la palabra de Dios en Francia. En el período que siguió, viajó mucho y convirtió a muchas personas que parecían perdidas. Tenía el don de cautivar a la gente. Nunca la había escuchado ni la había visto lo suficiente. Era la mujer más hermosa que había visto, y era la encarnación de la palabra de Dios en persona. La gente la amaba, yo la amo.

Después de muchos años de viaje, nos instalamos en una cordillera cerca de Sainte-Baume. Era sólo una gran cueva, pero María sabía cómo convertirla en un hogar.

La gente acudía en masa para ser sanada por María El Sanador. Muchos vinieron a escuchar un sermón de la predicadora, María. Las mujeres usan su género para hacer preguntas que no le harían a un hombre y muchas personas llegaron a ser cautivadas.

Durante este tiempo, escribió su Evangelio. Ella escribió su fe y lo que había experimentado en el guion gnóstico. Repitió la palabra de Dios y las principales características de un cristiano.

¿Quién, si no ella, podía saber mejor lo que Jesús quería, lo que sentía, lo que quería hacer con sus deberes? ¿Quién, si no es ella, podría acercar tanto la palabra de Dios a la gente que rompieron a llorar?

Cuando la gente la miraba parecía como si un resplandor la estuviera envolviendo como si el Espíritu Santo la estuviera cuidando y cuando se acercara lo suficiente podías oler el aroma celestial de las rosas que la rodeaban.

Siempre estaba allí.

María, que rompió el pan y se sentó a su lado.   Ella siempre estaba allí cuando él dudaba de sí mismo y siempre estaba allí cuando se trataba de motivar a los discípulos y predicar la palabra de Dios.

Mary era mi esposa.

María era la madre de su hija Sarah y los hijos Manasse y Efraín.

María guardó el bien más sagrado del cristianismo.

La sangre

<u>El Santo Grial</u>

Ahí estaba. *María.*

Esta mujer debe haber sido especial. ¿Pero quién era esta mujer? William pensó para sí mismo que debía haber oído hablar de ella cuando ella había hecho tanto bien y dejó un nombre tan grande.

Dobló el libro y se dirigió a Rafael. Estaba tranquilo. Increíblemente tranquilo. Sólo se puede oír el zumbido de los motores de nuestro avión esperándonos en la distancia. Nos apresuramos a entrar y despegar. Sin misil, sin ataque nada. Extraño.

Esa fue la penúltima oportunidad de Luce, ¿y ni siquiera lo intentó?

William luego habló con Raphael en el avión y dijo que no estaba sorprendido. Luce reúne a todos sus poderes y a todos sus hombres en Jerusalén para la batalla final.

Eso asustó un poco a William. Dado que Luce tenía los mismos medios, el contingente de combatientes que envió a Jerusalén era probablemente enorme.

Pero eso no tiene sentido. ¿No puedes arruinar la Ciudad Santa por una pelea? William estaba preocupado por la gente que podría salir lastimada.

Cuando llegó a la sala de conferencias, escribió a María en la pizarra con una flecha hacia arriba a la que Mary. Sigrun ya había escrito allí. ¿Quién era este Mary? Abrió su ordenador portátil y entró en Mary y Santo Grial y apareció:

"MARÍA MAGDALENA"

¿Hola? ¿No puedes ser serio? Lo que él sabía de María Magdalena era que ella era una prostituta y vivía en Jerusalén en la época de Jesús. En esta historia, sin embargo, fue la primera discípula, representativa de Cristo, fue la fuerza impulsora detrás de Jesús, después de la huida de Jerusalén proclamó la palabra de Dios en el mundo.

Sin embargo, nunca había leído que ella tuviera hijos. Había tres. ¿Quién era el padre? Tuvo que profundizar y descubrir más detalles sobre María. Si era tan importante para Sigrun y la historia en el libro era casi exclusivamente sobre ella y su trabajo después de la crucifixión de Jesús, entonces ella debe haber sido importante.

¿Olía a agua de rosas? ¿Cómo olía el agua de rosas? Le pidió a Sigrun en el avión que preguntara sobre el aroma del agua de rosas. Tal vez esto le ayudaría. En la computadora, buscó al cónyuge de María Magdalena y lo que había allí volvió su estómago.

Se dice que ella era la esposa de Jesucristo.

Pero, ¿quién estaba tan cerca de los dos que huyó de Jerusalén con María inmediatamente después de la crucifixión de Jesús? ¿Fue uno de los discípulos de Jesús?

Pero William no pudo encontrar una conexión entre María y uno de los discípulos. Encontró cada vez más informes, en su mayoría de la zona francesa, que informaron sobre las de las hazañas de Santa María Magdalena. Se dice que dio comida a los pobres, se dice que sanó a los enfermos y se dice que les dio a los desesperados de nuevo la fe. Continuó los deberes de Jesús con sus discípulos.

La gente la adoraba. En Francia, era una santa. Muchas iglesias fueron nombradas en su honor y la cueva en la que se dice que vivió se convirtió en un lugar de peregrinación. Estaba lejos de ser prostituta y a finales del siglo XX, incluso la Iglesia Católica lo ha confirmado.

María Magdalena, la santa, el sacerdote, el médico, el primer discípulo, predicador de la palabra de Dios y un modelo a seguir para tantas personas en todo el mundo.

¿Por qué sabía tan poco de ella?

Lástima, parece haber sido una mujer muy interesante.

Agregó el año en la pared de su alfiler y lo empujó al AD 33. Ahora casi había regresado al nacimiento de Jesús y aún no sabía quién era el dueño del libro.

Hubo un tenso silencio en el avión. Todo el mundo sabía que el mañana era sobre el futuro de la humanidad. Nadie se atrevió a hablar como si fuera un mal presagio. William también era consciente de esto, pero también era realista y confiaba en su educación bien fundada con una enorme cantidad de conocimiento para resolver el rompecabezas y tener la motivación cuando importa.

Lo que no influyó fue Luce. Este fue un factor que no podía evaluar, e incluso Raphael tenía respeto por. Además, no sabían si el paciente podría sobrevivir mañana hasta la reunión.

Volaron a Chipre, donde el avión del hospital con el paciente ya los estaba esperando.

Carmichael no podía esperar para retener a William de nuevo. Los últimos días no han estado exentos de lesiones para todos los involucrados.

Todos pasaron la última noche antes de la reunión juntos. Cada grupo tenía que prepararse para el día siguiente. Todo el mundo sabía la importancia y no quería arruinarlo.

William estaba sentado a la mesa con sus amigos en la señora Carmichael y estaban hablando de cómo había sido la vida durante los últimos 14 días. Eran tres jóvenes que estaban a punto de obtener su diploma y ser liberados de la humanidad como médicos.

Tenían chistes en la cabeza y el evento más importante fue la ceremonia de entrega del diploma.

Carmichael se alegró de que William y Sigrun finalmente se hubieran encontrado. Amaba a Sigrun, que siempre sentía que estaba con ellos.

Y con Richard, eran los tres mejores amigos. Ella sabía que le darían a William el apoyo y la fuerza que necesitaba mañana, y, sin embargo, al final depende de él. Guillermo.

Él era ella todo y ella tenía miedo de perderlo. Ninguna madre debería perder a su hijo y sabía que no podía seguir con algo así. Su William, que siempre se acercó a ella cuando el profesor era un poco demasiado estricto o no le dio lo que quería. Carmichael no podía decir que *no*.

Comieron juntos y después, Raphael pidió a todos que se reunieran de nuevo. Todos los detalles de mañana pasaron por varias ocasiones y Rafael una vez más hizo hincapié en su confianza en William.

El paciente y William deben estar protegidos con todos los medios disponibles hasta que se reunieron, y el nombre fue anunciado. Incluso con su propia vida cuando todo lo demás ha fallado.

Sigrun y William salieron a dar un paseo al atardecer.

A pesar de que ambos tenían miedo, no lo mostraron. Hablaron de lo que todavía querían experimentar juntos en el futuro, que querían formar una familia juntos y tener hijos. Hablaron de ello como si mañana no existiera y la posibilidad de que uno de ellos muriera mañana no era real.

Se reunieron con los demás alrededor de la fogata. Miraron al fuego con reverencia y todos idearon sus pensamientos para el día siguiente y se preguntaron qué les iba a pasar.

La noche terminó con una oración común.

A la mañana siguiente el paisaje parecía irreal. Cientos de personas ocupadas, cada una en preparación para la batalla del bien contra el mal. Parecía que todos habían hecho las paces y ahora estaban dispuestos a sacrificar sus vidas.

La siguiente reunión resultó ser fáctica. Los vuelos a Jerusalén fueron discutidos, coordinados con las autoridades locales y todos los aliados fueron informados de que la historia se está escribiendo una vez más en Jerusalén hoy.

En ese momento los romanos crucificaron al Hijo de Dios, hoy la gente buena lucha por la preservación de la humanidad.

William pasó la mañana con Sigrun y Richard, siempre a la vista de su madre.

La orden era que volarían después de que apareciera la última historia.

William abriría el libro después de aterrizar antes de que el convoy se dirigiera hacia el Monte de los Olivos. Esperaban que les diera más tiempo. Es hora de engañar a Luce, pero también tiempo para William para que tenga la oportunidad de averiguar quién es el dueño del libro hasta el último momento.

La ambulancia con el Paciente conducía directamente detrás del coche de Williams para que ambos tuvieran la oportunidad de salir inmediatamente después de llegar al Monte de los Olivos y llevar a cabo con éxito la reunión.

Delante de los dos coches y detrás de ellos había otras tropas armadas que protegían el convoy en todas las direcciones y trataban de evitar todos los ataques para que William pudiera concentrarse en su tarea.

Más ambulancias siguieron en el convoy. Probablemente tenían la última tecnología, pero lucharon contra viejas fuerzas y no sabían si se convertirían en este maestro.

En el aeródromo, William vio a Raphael, Michael y Uriel por primera vez, junto con otros que podrían ser hermanos. Parecía como si fueran a abarcar un arco o como si estuvieran siendo iluminados por detrás. William no sabía qué hacer con esta impresionante impresión.

Se preparó y sabía que en este momento no tenía la respuesta que pondría fin a este conflicto. Si en la última historia no hubiera una verdadera revelación del dueño, entonces él sería el que decepcionaría a todos. Miró a su madre que nunca lo dejó fuera de su vista. ¿La decepcionaría a ella y al profesor hoy? ¿Abandonaría a Sigrun y Richard hoy? Mientras miraba a su alrededor, se dio cuenta de cómo todo el mundo lo estaba observando, pero se apartó o miró hacia otro lado cuando se dieron cuenta de que estaba al tanto de ello. Todo el mundo quería saber si era capaz de salvarlos hoy.

La luz apareció del libro. Una luz blanca y deslumbrante. Más brillante que nunca. Mucho más brillante que las últimas veces.

Todo el mundo miró el libro y un murmullo atravesó a la multitud. Tuvieron que proteger sus ojos de la penetrante luz blanca que salió del libro esta vez y anunciaron irrevocablemente la historia más importante.

William miró a su madre.   Lloró.

Tomó su equipo, tomó el libro y abordó el avión para volar a Jerusalén con las tropas. Nadie dijo una palabra. Fue un silencio opresivo lo que mantuvo cautivos a todos. Además del miedo, también se podía ver determinación y valentía en todos los ojos. Además de los dos grandes aviones de transporte, la mitad de una armada de helicópteros, aviones de combate y equipos de acompañamiento despegaron.   Fue impresionante de ver. El suelo temblaba bajo el rugido de todo poder.

"Diez minutos hasta el aterrizaje en Jerusalén", vino del altavoz.

Los últimos pasos y preparativos de las tropas parecían ensayados. Una batalla final por la humanidad.

Los aviones aterrizaron. En el terreno, un ejército de otras tropas que tenían la cruz en sus chalecos antibalas, sus vehículos, sus banderas, los esperaban. En todas partes que miraban veían la cruz de los caballeros templarios adornada. Era un mar de gente y banderas. Fueron a la guerra entre el bien y el mal. Como si estuvieran tirando los dados si la humanidad iría al cielo o al infierno y todo dependería del último lanzamiento.

Rafael se volvió hacia las tropas y brilló mientras hablaba con ellos:

"Vamos a la batalla de nuevo.   Bueno contra mal. Cielo contra infierno.

Una vez más, nos mantenemos uno al lado del otro y nos enfrentamos a nuestro Creador."

Todos se pusieron de rodillas.   Qué vista tan espectacular.

"Padre Celestial. Extiende tu mano protectora hoy y protege a tus hijos y a sus hermanos en la lucha por la humanidad. En otra lucha en la que tiramos contra nuestros adversarios para que defiendas tu fe. Proteja a nuestro hermano William, que ha asumido la carga de esta carga para proteger a su familia, a sus amigos y a nosotros, a sus hermanos y a la gente de este mundo sin saber que estaban al borde de la destrucción completa".

Todo el ejército oró por nuestro Padre juntos. Fuerte, imponente, intimidante. Todo el mundo siente la piel de gallina en este momento y está orgulloso de ser parte de esta hermandad. Dicen que la oración es más fuerte y fuerte y las lágrimas corren por los rostros de muchos templarios.

Todos se levantan en un tipo de arte fuerte y dirigido y extienden sus puños, sus banderas y sus armas en el aire.

Y luego todos animan. Alto y claro: _DEUS VULT!_

Todos se dirigen a su lugar en el convoy.

William abraza a su madre que lo besa en la frente y le dice que ella lo ama. Abraza a Sigrun y Richard que están conduciendo en un coche separado para que haya espacio en el coche de William si algo debería suceder.

Los coches están alineados cuando Raphael da la orden de irse.

Mira a William y le da la última señal.

William abre el libro y comienza a leer inmediatamente...........

... Nací en la hermosa Nazaret.

Tuve una infancia genuinamente agradable y una familia amorosa. Con mis hermanos Jacobo, José, Judas y Simón vivíamos en una pequeña casa que mi padre se había construido él mismo.

Fuimos criados muy estrictamente y escuchamos la palabra de nuestro padre José. Era un maestro muy agradable y nos mostró mucho conocimiento de su oficio como carpintero.

William trata de leer lo más rápido posible, pero esto se hace más difícil para él debido al rápido viaje en los callejones de Jerusalén. Al lado del coche, los cohetes lo golpearon, arrojándolo a través de todo el coche.

Raphael le grita: "¡William, presta atención! ¡No dejes de leer!"

Nuestros padres también nos permitieron jugar mucho con otros niños para aprender mucho sobre la vida de los juegos. Éramos muchos niños, y era común que los chicos jugasen con otros chicos y las chicas jugaban con otras chicas.

Sin embargo, había una pelirroja pequeña y rebelde a la que le encantaba azotar a los chicos. Hablaba como una cascada y podía saltar como un niño.

Pasé mucho tiempo con ella porque sabía muchas cosas. Lo que no sabía, se pidió o se enseñó a sí misma porque no quería ver que no puede hacer algo que los demás puedan.

Nunca he visto a una chica que haya aprendido tanto como ella. Después de la escuela, vio a mi padre en el trabajo, se enteró del trabajo del zapatero y ayudó al panadero con su trabajo.

Todos en el lugar la conocían y les gustaba. Ella era tan amable y olía tan bien.

Como agua de rosas. Se llamaba Mary.

Un cohete impactó directamente delante del coche, lanzando el coche contra una pared. William se golpeó la cabeza tan fuerte que perdió el conocimiento brevemente. Lo siguiente que sintió fueron golpes ligeros en sus mejillas de Rafael que lo trajo de vuelta. Un poco aturdido primero escuchó muy suavemente, luego más y más fuertes disparos y gritos, peleas alrededor del vehículo y Raphael que siempre repetía su nombre.

—Sí, sí, sí —respondió William—.

"Todo está bien", dijo, sentado y recogiendo el libro de nuevo.

Los otros habían visto el impacto y estaban preocupados por William, pero estaban atrapados en malas batallas como nunca antes habían visto.

William continuó su lectura un poco aturdido.

Nos hicimos mejores amigos y pasamos todos los días juntos. Jugamos y aprendimos juntos, nos reímos y lloramos juntos. Nuestros padres habían aceptado nuestra amistad, por lo que a menudo sucedía que María se sentaba con nosotros en la Santa Cena o que sus padres me acogieron con beneplácito.

Crecimos juntos y hablamos mucho de Nazaret, de Galilea. Hablamos de sueños y de futuro. Sobre nuestro futuro.

Nos enamoramos y uno no podía estar sin el otro. Me encantaba mirarla o simplemente escucharla cuando me dijo de nuevo lo que quería cambiar en nuestro país.

Nos casamos y éramos las personas más felices del mundo. Desafortunadamente, también nos dimos cuenta de que la división que venía con los romanos era cada vez más profunda y que la gente había perdido la esperanza de un buen futuro.

William levantó la vista y trató de pensar con claridad. ¿Cómo podría ser eso? La María de las historias no podía ser esta María. Miró hacia atrás, vio las luchas despiadadas y todavía podía echar un vistazo a su madre, que siempre le había dicho que usara su mente y si no podía confiar en su mente debía escuchar su corazón.

Continuó leyendo.

Hablé con mi madre al respecto y ella me tomó en sus brazos y me dijo: "Hijo mío, si ves injusticia en el mundo entonces cámbialo a ley. Si ves la enfermedad, trata de recuperarte y si ves que la tristeza intenta sembrar la esperanza.

Es lo que haces de él mi hijo. No esperes a que alguien lo haga por ti, pero muéstrale a los demás cómo hacerlo. Eres especial y te quiero."

Me besó en la mejilla y me abrazó aún más. La amaba más que nada. Era la mejor madre que podías pedir.

Hablé con María acerca de lo que mi madre me había dicho y me dijo que había oído hablar de un bautista, que bautizaría a la gente en el Jordán y que obtendrían nuevas esperanzas y su fe se fortalecería. Ambos fuimos al Bautista y fuimos bautizados. Cuando reapareció sucedió algo increíble.

William conocía esta historia. Fue educado y conocía esta historia. Sin embargo, esto no podría ser. Nunca sería posible. Se sentía como si su mente estuviera a punto de explotar porque las cosas chocaron que no encajaban - continuó leyendo -

El cielo se abrió y vimos al Espíritu de Dios descendiendo como una paloma y viniendo hacia nosotros.

Y una voz del cielo dijo:

"Este es mi amado hijo, a quien he disfrutado. He aquí, mi siervo, a quien poseo, mi elegido, en quien mi alma está complacida. He puesto mi espíritu sobre él, él traerá los derechos a las naciones.

No gritará ni alzará la voz ni dejará que su voz se escuche en la calle. No romperá la tubería retorcida y no limpiará la mecha humeante. Él saca fielmente lo correcto. Él no

Un disparo se estrelló contra el parabrisas y golpeó a William en el pecho. Inmediatamente se desplomó de dolor. El vehículo se detuvo. Los demás sólo podían ver por detrás que muchas personas estaban de pie alrededor del coche. Se hicieron a un lado cuando el profesor vino.

Miró hacia el coche y un suave 'William' vino sobre sus labios.

Miró hacia atrás a los ojos de su esposa, quien inmediatamente supo que a su hijo no le iba bien.

Raphael señaló a todos que tenían que seguir moviéndose. El profesor entró y apoyó a William, quien gimió de dolor y trató de mantenerse consciente.

El profesor cuidó de la herida que vendaba temporalmente. Le dio a William un fuerte alivio del dolor para ayudarlo a mantenerse despierto y hacer su obstetra. Medio aturdido y con mucho dolor. William trató de seguir leyendo.

María me tomó de la mano y me dijo que somos hijos de Dios y que ahora depende de nosotros difundir la palabra de Dios y dar esperanza a la gente. Ella vio el miedo en mis ojos y continuó que no dejaría mi lado hasta el final de su vida porque su trabajo es ser mi esposa.

después que, fuimos juntos durante los siguientes 40 días y 40 noches en el ayuno del desierto para comenzar a predicar la palabra de Dios.

Predicamos a lo largo de Galilea y anunciamos a los fieles que se arrepentirían y que vendría el reino de los cielos.

Durante tres años viajamos y predicamos en las montañas, en las calles de las iglesias y los campos abiertos. Tratamos de alimentar a los pobres y curar a los enfermos. Todo el

mundo debe alcanzar la salvación por medio del Señor que creía en Jesucristo y que era un verdadero cristiano.

Fuimos a donde había multitudes de personas, así que vinimos a Jerusalén. Los discípulos nos siguieron a cada paso y vivieron la palabra de Dios. Tuvimos benefactores que nos protegieron y empezamos a orar y a dar esperanza a los pobres el mismo día. Sané a una persona discapacitada, y le di la vista a una persona ciega. Tratamos de llegar al mayor número posible de personas, pero siempre hubo personas que se consideraban en peligro por nuestras acciones y por el hecho de que el pueblo me llamó el Mesías.   Y llegó como siempre sucede entre la gente.

William se desmayó.   Su pérdida de sangre fue enorme. Tuvieron que parar y ponerlo en una ambulancia.   Raphael le informó a Michael que William estaba gravemente herido y que tenían que actuar rápidamente.   El profesor logró concienciar a William.

Inmediatamente trató de seguir leyendo.

Si la gente es hostil y quiere alejar al adversario, entonces recurren a las mentiras y la violencia.   Fui azotado por la ciudad como pecador y como ejemplo para mis discípulos y la gente que creía en mí con una pesada cruz de madera en mi hombro y una corona de espinas en mi cabeza.

William perdió el conocimiento otra vez. Raphael llamó por radio a las tropas y les dijo que formasen una barricada para que pudieran poner a William en la ambulancia.   Las tropas formaron inmediatamente un escudo de defensas alrededor, helicópteros rodearon este punto e incluso si la batalla estaba en marcha, no se permitió que nada sucediera en este punto por un momento.

Cuando llegó la ambulancia, abrieron las puertas y sacaron a William. Vieron toda la sangre y vieron que estaba tirado inmóvil. No hay reacción. Toda esa sangre los asustó. Su madre lloraba y Sigrun y Richard pensaban que habían perdido a su amigo.

Cerraron las puertas de la ambulancia y comenzaron a moverse inmediatamente. El profesor luchó para salvar la vida de William.

Raphael miró al profesor y dijo: "Tienes que leer el libro. Léelo a él. Estoy seguro de que puede oírte."

El profesor tomó el libro y comenzó a leer a William.

Sucedió que la gente me escupió en la calle, me pateó y me lanzó piedras. Después de sufrir eso, esto es lo que sucedió; Estaba atado a una cruz y crucificado para asumir los pecados de la gente. Arrepentirse por esta gente. Para que Roma pueda probar quién es el verdadero gobernante en Jerusalén y quién es el órgano más poderoso. ROME está en todas partes y en todas partes es ROME.

William oyó al profesor. De repente vio todo a través de los ojos de la persona que había vivido la historia. Sintió la corona de espinas en su cabeza, sintió cómo las piedras lo golpeaban, la gente le lanzaba. Llevaba una cruz de madera sobre su hombro y corre a través de Jerusalén por el empinado camino.

La gente se reía, gritaba, cantaba y celebraba cuando ofrecí mi sacrificio. Muchos bebieron vino y comieron uvas, deleitándose con la conversación cuando el hijo de Dios fue clavado en la cruz con dolor y dolor.

William sintió la tristeza que golpeó a esta persona en lo profundo del corazón. Fue la gente que amaba quien le hizo esto. El calor de arriba, la corona de espinas, la cruz y la carga de odio de muchas personas aplastaron a William. ¿Cómo fue posible?

Pero vi a mi madre, a mis hermanos y a mis discípulos y vi a mi María, que dio mi fruto. Lloró y no podía entender cómo las personas para las que habíamos trabajado podían ser tan crueles. ¿Por qué la gente hizo esto? ¿Cómo pudiste dejar morir al hijo de Dios?

William sintió cómo estaba clavado en las manos y los pies. Oyó reír a los soldados. Vio a la madre y a los discípulos parados allí. Y ahí estaba.

Tenía que ser María.

Pelo rojo ondulado. Una mujer hermosa. Pero ella le parecía familiar. Esa fue la misma mujer que abrazó a su madre cuando fue herida.

¡¿¡¿¡ESA FUE MARÍA MAGDALENA!?!?!

Fue su sabiduría la que no **dejó** que nuestro **trabajo terminara aquí.**

Fue a Poncio Pilato y le prometió que saldríamos de Jerusalén y nunca volveríamos si me perdonaba y me salvaba de la muerte. Poncio Pilato era un político y vio la posibilidad de no hacer de Jerusalén un lugar de peregrinación y mostrar a mis enemigos cuánto poder tenía y que gracias a su poder podía seguir viviendo.

Emitió la orden y así María regresó con los emisarios. Sin embargo, al final de la crucifixión, el Centurión Romano Longino empujó su lanza a mi lado para mostrar su disgusto antes de seguir la nueva instrucción.

María Magdalena, mi madre, mis hermanos y mis discípulos me empacaron en mi sudario y me llevaron en el carrito del burro a mi tumba, donde se me permitió descansar y mis heridas fueron tratadas.

William sintió el dolor del golpe en el costado. Pero sintió un dolor aún mayor. ¿El dolor de por qué Dios le hizo pasar esto a su propio hijo? El No lo entendió. Se sentía como un vacío sin fin en él.

Me volví hacia mi Padre:

"¿Por qué me dejas vivir con esta desgracia? ¿Por qué no tomas mi cuerpo y me dejas hacer el bien de tu lado? ¿Por qué no ayudas a tu hijo que es asesinado por la gente con la que quería compartir tu palabra? Padre, suéltame de todas las preguntas."

"¡Hemos llegado!" Raphael gritó. Se dirigió al profesor: "Profesor, necesitamos a William ahora. Cuando las ambulancias con William y el paciente se habían detenido uno al lado del otro, apareció una luz desde el cielo que brilló sobre ambos coches desde arriba.

William y el paciente escucharon la voz que les hablaba:

"Mi hijo. Tu trabajo por la humanidad aún no ha terminado. Y os dejo con el pueblo porque os amo y quiero mostrar a la humanidad que he enviado a mi hijo a traerles la fe que me los trae, para traerles salvación e iluminación que sólo pueden encontrar en la palabra de Dios. Tú y Mary son mi boca, mis ojos y mis oídos en la tierra.

Predica mi palabra en la tierra y cuando la humanidad esté lista, anunciaré la llegada del Rey de reyes.

Mientras tanto, celebraremos un consejo cada 1000 años y examinaremos a la humanidad si vale la pena caminar sobre la creación de Dios o si pedimos otra inundación.

Te quiero, hijo mío. Ir y guiar a la humanidad en el camino correcto."

William abrió los ojos. Vio al profesor y le dijo débilmente que tenía que ayudarlo a levantarse.

"Eso podría matarte, hijo", respondió el profesor. William lo miró con lágrimas en los ojos y le susurró: "Por favor, padre. Por favor".

El profesor tenía lágrimas en los ojos cuando sostuvo a su hijo y lo ayudó a levantarse. Sabía que esta acción podía ser la última, pero no podía rechazar la petición de su hijo. Cuando se abrieron las puertas de las ambulancias, todo el mundo estaba esperando para ver en la mala forma que estaba William. Carmichael casi no podía ver, sentía mucha pena por su hijo. Ella tuvo que mirar impotente mientras él se enfrentaba a esta pelea y se convirtió en el hombre, ella siempre había visto en él.

Con la ayuda de Richard, el profesor apoyó a su hijo William cuando se subió al auto con el paciente.   Los disparos y explosiones continuaron desde el exterior.   Rafael y Miguel se miraron, se tomaron de la mano y en todo el esplendor celestial extendieron sus alas sobre la acción para proteger a estas personas en este acto.

William se arrodilló junto al paciente para susurrar suavemente al oído:

TÚ ERES EL SALVADOR.

TÚ ERES EL MESÍAS.

ERES EL HIJO DE DIOS.

¡¡¡TÚ ERES JESUCRISTO!!!

William se desplomó en el suelo junto al paciente.   El profesor y Richard trataron de retenerlo.   Mientras que los disparos y el ruido resuenan en su interior, le parece a William Carmichael que tiene que pagar esta batalla con su vida.   Su madre se arrodilló a su lado, abrazándolo y besándose la frente y dice suavemente 'Te amo'

Una cálida luz blanca salió de la ambulancia. Primero ilumina el interior y luego fluye hacia afuera.   La luz ilumina toda la zona.

Los disparos se detienen.   No se pueden escuchar más explosiones.

Los atacantes no pueden creer lo que ven allí.

La luz se hace cada vez más grande y el cuerpo del paciente comienza a flotar, de pie en el aire y flotando sobre el coche. Mientras que la luz se puede ver por toda Jerusalén y los fieles caen de rodillas para orar, el paciente abre los ojos.

Todo su cuerpo está ahora incrustado en la luz más brillante que jamás hayas visto, y sus heridas desaparecen bajo la luz divina.

William abre los ojos un poco bajo el mayor dolor y ve de la multitud cómo alguien se acerca a él. Se da cuenta de que su cuerpo está siendo levantado y huele un aroma agradable que le parece familiar, luego pierde su pelea. La paciente desciende y María toma a William en sus brazos y desaparecen en la luz brillante.

Lo que queda son los padres de Guillermo, sus amigos Richard y Sigrun, y amigos y enemigos que acaban de presenciar una aparición divina.

Raphael va a la señora Carmichael y dice: "Ahora está en buenas manos".

El convoy se rompe y todo el mundo comienza el camino de regreso.

Los heridos son atendidos y los muertos están enterrados.

Pero nadie habla una palabra.

Todos los pensamientos estaban con William....

William abrió los ojos.   Todo era blanco y brillante. No sabía dónde estaba. La puerta se abrió y el paciente entró. Se acercó a William y se paró junto a su cama.

"¿Dónde estoy?" William le preguntó.

"Estás donde quieres estar. Viste el mundo como realmente es. Lo que era bueno para ti ahora es malo, lo que era luz se ha vuelto demasiado oscuro. Sabes lo que creías saber sobre la Tierra y la humanidad no lo era todo. Pero está bien así. William, tienes la opción de decidir por ti mismo si seguirás viviendo en este mundo y quieres luchar o si te pones en el regazo de mi Padre y te retiras.

Has librado una batalla verdaderamente divina en los últimos diez días, y mereces que sea capaz de tomar esta decisión tú mismo"

.

"Entonces no estoy muerto todavía?", Preguntó William.

"Estás en coma. Después de la pelea en Jerusalén, te lastimaste tanto que nadie pudo sobrevivir con tales heridas. Mi Padre, sin embargo, ve en ti a alguien que le gustaría conocer en la tierra un poco más. Que representa sus intereses en la tierra sin ser evidentemente. Sin embargo, te deja la decisión de si quieres volver a este nuevo mundo".

"Yo?" dijo William: "¿Se supone que debo representar lo divino en esta tierra? ¿Y tú? Eres su hijo. Todos pensaban que habías muerto en la cruz hace 200 años. La gente te adora como lo que eres, el hijo de Dios. ¿Por qué no intervienen en la historia mundial?

¡Dime la verdad! ¿Qué está pasando aquí?"

"Intervendré en la historia y los acontecimientos de este mundo casi todos los días. ¿O crees que Da Vinci sin nuestra ayuda sería un genio en todos los campos? ¿Crees que Einstein, Tesla y los muchos poetas y pensadores idearon tesis que aparecen fuera de este mundo sin nuestra ayuda? Llegamos a los acontecimientos de este mundo desde que estábamos en este mundo".

William lo mira y le pregunta directamente: "¿Por qué no te entregas a que te reconozcan? ¿Por qué la gente no debería saber que Jesucristo vive? Que el linaje de Jesucristo se extiende a lo largo de 2000 años y se ha incrementado y distribuido. La gente merece saber que el hijo de Dios vive ".

"¿Crees que sí?", añade el paciente, "Fue la gente que me apedreó y crucificó. La gente mató a mis apóstoles antes de canonizarlos. La gente llamó a mi gran amor una prostituta. Todo lo que quería era que la gente estuviera en armonía y paz el uno con el otro.

La gente les ha vendido indulgencias para cometer crímenes sin tener la conciencia culpable. Han mentido a los pobres y robado el último de su dinero y les han dicho que, de lo contrario, se irán al infierno.

Las personas que habían hecho algo malo tenían que dar su última moneda para encontrar la paz para que los papas y sacerdotes pudieran beber de copas de oro en nombre de mi Padre en catedrales doradas que los pobres pagaban.

En mi nombre y en el nombre de la fe, se libraron más guerras que por cualquier otra razón.

La gente se llama a sí misma la representante de Dios en la tierra, bebe de copas de oro, abusa de los niños y esconde los tesoros de la Tierra para que nadie pueda ver la verdad.

En la Biblia, escribieron las historias en las que la gente debería creer y cuando no haces eso, entonces eres un incrédulo.

¿Qué ha sido de la creación de Dios?

¿Qué ha sido de la humanidad?

William lo mira con los ojos abiertos y le dice: "Es exactamente por eso que tendría sentido mostrarse a sí mismo.   Para ponerse delante del mundo y mostrar que el hijo de Dios no está muerto, sino que desde entonces el nuevo tiempo ha caminado entre nosotros en esta Tierra."

"Una vez me revelé y me reconocieron y me mataron. Embellecieron la ejecución e inventaron una historia que se vendió bien. Ni siquiera la mitad de la Biblia es veraz.

En el Consejo de Nicaea, 500 hombres importantes han escrito lo que suena bien y lo que les traería más poder y dinero". el paciente continúa: "Mi Padre no necesita una copa de oro. Mi Padre no necesita 1000 catedrales. Mi Padre está en el corazón de los creyentes.

No necesitas un Talero, no necesitas nada excepto tu vida vacía y si crees en mi Padre entonces él también cree en ti. Entonces vive en ti y en tu corazón. Y cuando haya llegado tu momento encontrarás tu lugar al lado de mi Padre en la eternidad." El paciente toma la mano de Williams y lo mira a los ojos y le dice: "¿Sabes por qué sobreviviste los últimos diez días? Tenías la fe en Dios en ti. Rezaste y él te escuchó. Tu sinceridad te ha dado padres y amigos amorosos que estuvieron a tu lado para llevar a cabo esta tarea. Eres rico. Rico en fe y en tu amor puro por tus amigos y tus padres. Esto es divino." ¿Qué pasa en 2033?" William le pregunta directamente: "¿Todos morirán?"

El paciente se levantó y caminó unos pasos después, dirigiéndose a William: "Desde la inundación, la gente ha tenido tiempo de probarse a sí misma, para demostrar que vale la pena vivir en este planeta. William, todo esto ha existido. La historia ya estaba en este status quo. Antes teníamos todos los logros, teníamos toda la tecnología. Hace muchos años, la gente estaba lista para tener transporte aéreo.

Técnicamente por delante del mundo actual, la Federación Galáctica había decidido comenzar un nuevo comienzo porque los ángeles se apareaban con mujeres de la Tierra. Eso no funcionó. En ese entonces, los ángeles rompieron las reglas y han sido condenados desde el Cielo desde entonces. Hasta mi hermano Luce fue desterrado con ellos.   Una historia con la que la gente se halaga.   Esta vez los humanos han fracasado.

Cada vez que les dimos un invento para hacer el bien con él, lo primero que hicieron fue mirar cómo podías hacer la guerra con él y ganar dinero con él.   Hasta el día de hoy nada ha cambiado. Hemos estado al lado de muchos presidentes y gobiernos, dándoles tecnología a la que se refieren como tecnología alienígena, y todo lo que se logró fue la guerra.

Tenías presidentes que pusieron el progreso en tus manos, pero elegiste presidentes que son enemigos del hombre, el enemigo de la naturaleza, el enemigo de los pobres e indefensos.   El líder del mundo libre sólo está interesado en cómo puede hacerse aún más rico y servir a sus amigos ricos.

¿El representante del Señor en la Tierra se sienta en una silla dorada, come con cucharas doradas, cuchillos y tenedores de platos dorados mientras viven en un palacio dorado que los creyentes han construido y pagado?

¿Qué les pasa?   ¿Cuándo se corrompió tanto la humanidad? Dios no necesita oro, ni dinero.   Ni una casa, ni poder. Dios vive en vuestros corazones.   En todos los corazones de las personas que creen en él y lo aman y viven sus vidas piadosamente."

"¿No hay esperanza?" le pregunta a William: "No todas las personas son tan malas. Hay gente buena con un corazón puro, y son más de ellos que la gente mala que acabas de describir. ¿No vale la pena salvar a esta gente?"

"El 1 % de todas las personas en esta Tierra tienen tanta riqueza como el 99% restante. Todos los días las personas hambrientas mueren porque no tienen nada que comer, al mismo tiempo que los ricos tiran buena comida porque han comprado alimentos aún más frescos. El círculo está girando, y podría dar muchos más ejemplos. El ser más cruel de la Tierra de Dios es su mejor actuación. Humanidad.

Está decidido. El 5 de abril de 2033 habrá otra inundación.

La Federación Galáctica inicia un nuevo intento y esta vez les darán menos conocimiento, no los promoverán y no pondrán sus almas en un nuevo cuerpo después de que hayas muerto, sino que usarán almas nuevas y sin usar para evitar que reproduzca las almas de la gente mala".

William no podía creer lo que estaba oyendo. Jesucristo, el Hijo de Dios, ¿se puso delante de él y le dijo que la humanidad sería aniquilada?

Lo miró y le dijo: "Entonces por favor llévame de vuelta con mi familia, con mis amigos y con las personas que amo".

"Después de saber que el mundo no es lo que imaginaste que era, después de saber que la humanidad será completamente aniquilada por una inundación en una fecha determinada, ¿quieres volver sabiendo que morirás en unos años?" respondió el paciente.

William lo miró y le dijo: "Hay cosas que parece que no sabes de la gente. Sí, hay gente buena y mala. Sí, hay gente rica y pobre. Todo lo que dijiste probablemente es correcto y ¿quién sería yo para contradecir al hijo de Dios? Sin embargo, hay algo que usted no ha considerado.

Me encanta cuando un rayo de sol entra por la ventana cuando me despierto por la mañana. Entonces realmente quema tu piel y te duelen los ojos. Me encanta mirar hacia fuera e inspeccionar la creación de la Tierra. Siempre me digo a mí mismo que quien creó esto tenía alma. De esta alma, vertió todo lo bueno y lo transformó en esta maravillosa Tierra. El cielo es tan hermoso, y las nubes se están formando para que cuando éramos niños hayamos pasado muchos días adivinando qué forma son las nubes.

Los ríos me calman una y otra vez. Podría ver el flujo de agua durante horas. No hay nada tan hermoso. Mirar la naturaleza y ver cómo los lagos y océanos se funden en tierra. Cómo se muestra la naturaleza en las diferentes estaciones, cómo los bosques y las montañas se presentan con orgullo. No hay nada mejor que simplemente caminar a través de un bosque y escuchar y sentir el bosque.

Y luego la gente. Amo a mi madre. Recibir un beso en la frente de ella y escuchar que ella me ama es el sentimiento más cálido de amor que uno podría desear, el Profesor puede no ser mi verdadero padre, pero él es el mejor padre que un hijo podría desear. Tuve la suerte de tener dos amigos con los que se me permitió crecer, e incluso si ahora sé que esto no fue una coincidencia, les agradezco que esto haya sido arreglado. Richard es el alma de un amigo y estoy agradecido de tenerlo en mi vida todos los días. Y Sigrun, bueno Sigrun es el amor de mi vida. No sería la persona que estoy aquí hoy sin esta gran mujer. La quiero. Y creo que tengo toda mi vida.

Eso es todo. Incluso si no fueran unos 13 años, sino sólo un solo día que me permitieran pasar con esta gente, entonces lo elegiría y luego dejaría este mundo con esta gente para siempre. Estoy listo para ello. ¿Qué tengo que hacer para volver con mis amigos? "

En tu mesita de noche está 'El Libro de los Caballeros Templarios', al que le debes los últimos diez días. Los últimos días te han mostrado la realidad tras bambalinas de este mundo y casi mueres luchando por la humanidad. No puedes volver y fingir que no ha pasado nada. Ahora también eres diferente.

Después de que caís en coma y te saqué de Jerusalén, el libro se había ido por unos días. Sólo volvió al correo ayer. No sabemos de dónde, no sabemos quién lo tenía en sus dedos. Una de las características del libro es que pertenece y cuenta las historias de la persona que lo tuvo por última vez en sus dedos. Las únicas personas que son inmunes son los antiguos dueños.

Puedes poner una línea debajo de tu vida y ver desde el lado de mi Padre cómo pasará la humanidad los próximos 13 años antes de que se destaque en un diluvio. Tu ventaja sería que sobrevivirías a la inundación y volverías a nacer, por lo que desearías.

Si decidiste volver, sólo hay una manera. Tienes que abrir 'El Libro de los Caballeros Templarios' por segunda vez y averiguar a quién pertenece el libro a través de las historias que aparecen en él.

Por supuesto, todos nuestros recursos estarían disponibles para usted y como ya ha notado hay bastantes. Mis hermanos, los arcángeles, las tropas de los Caballeros Templarios, Ricardo que es un guardián de la Federación Galáctica, pero usted ha elegido ser su mejor amigo y por supuesto Sigrun. Por cierto, es una Valquiria y, por lo tanto, una de las luchadoras mejor entrenadas del mundo. El único defecto, si se puede llamar así, es que Valkyries sólo puede enamorarse una vez en su vida y durará toda la vida. La única desventaja, si eliges este camino, es que podría terminar después de 13 años".

William lo miró y le preguntó asombrado: "¿Por qué me estás diciendo todo esto y qué podría terminar significando?"

"Tan pronto como hayas abierto el libro, nadie puede ayudarte sin arriesgar la caída de la humanidad. Y también es el caso de que nadie sabe cómo se desarrollará la humanidad en los próximos años.

No has sido discreto, y la gente ha sido testigo u oído hablar de los acontecimientos divinos. Ya ha puesto algo en marcha que podría significar que no podría haber diluvio. Por lo que sigue siendo del 0,01%. Pero hasta hace unos días nadie pensaba que sobrevivirías a los diez días y resolverías el rompecabezas.

Casi desearía que eligieras la segunda opción ya que me gustaría defender a la humanidad a tu lado, pero sólo tú puedes tomar esta decisión. Y no tomes esta decisión a la ligera.

Con la opción número dos, estará muerto en 13 años. Con la tarea en el libro, esto puede suceder en los próximos días y recordar que estabas casi roto porque el futuro de la humanidad descansaba sobre tus hombros. No importa cómo decidas, lo respetaré."

El paciente salió de la habitación. Allí estaba ahora, William Carmichael, un estudiante graduado, un hijo, un amigo y un amante. Hace poco más de diez días no podía esperar para obtener su diploma y empezar a trabajar como médico. Hoy tiene que decidir si quiere seguir vivo o no. Hoy puede que tenga que elegir una vida en la que un día peligroso pueda seguir a otro y la incertidumbre sea un compañero constante.

El Sr. y la Sra. Carmichael estaban esperando con Richard y Sigrun en el vestíbulo de la habitación de Williams cuando de repente una ola invisible se extendió por todo el mundo.

Cualquiera que conozca la historia del libro sabe que el lector tiene diez días para averiguar el nombre del propietario del libro, decirlo en voz alta y salvar el mundo. Pero sólo si es el nombre correcto. Si no, 1000 años de oscuridad seguirán en el mundo. Nada volvería a ser igual.

William eligió la opción dos y abrió 'El Libro de los Caballeros Templarios. La cuenta regresiva comenzó por segunda vez.

La puerta se abrió y todas las miradas estaban puestas en William. Tenía 'El Libro de los Caballeros Templarios' en la mano y me dijo: "Tenía dos opciones. Podría morir y verte seguir adelante sin mí, o podría abrir el libro y luchar contigo por la humanidad y la existencia continua de la Tierra. Para mí, no era una cuestión de qué variante elegiría."

Richard añade: "Dondequiera que tu camino te lleve, estaremos a tu lado y te acompañaremos hasta que la muerte nos separe".

Se acercaron a William y lo abrazaron.

A partir de ahora, William Carmichael tuvo diez días para descubrir de las diez nuevas historias a las que pertenece el libro y dónde está el día de la reunión cuando se reunirá con el propietario y le anunciará su nombre.

DEUS LO VULT (DIOS LO QUIERE)